「猫妖精の王よ！
ここに隠
た不埒な臆病者を探し出せ！」
英雄、
から一陣の風が巻き起こり、
第7
内にその風が吹き抜けていく。
黄 英雄
こうひでお
純粋に瑞穂が好きで大祭に参加した、祐人たちと同期のランクAの術士。固有伝承能力【憑依される者】を操る。

祐人とジュリアンの一騎打ち!!
この勝利の剣のレプリカ、
ダンシングソードに逃げ場などない。

「ごめんねー、お兄さん、見張りなんてお願いして。
でも覗き魔がきたら怖いから。ねー、琴音ちゃん」
「あ、あの……ありがとうございます。堂杜さん」
祐人は二人を覗き魔から
守らなくてはならない
事情ができたのだった。

魔界帰りの劣等能力者

9.神剣の騎士

たすろう

HJ文庫
1015

口絵・本文イラスト　かる

Contents

The inferior in ability who returned from the demon world　Volume.9

プロローグ

第１ブロック　試合中
三千院水重（さんぜんいんみずしげ）　ＶＳ　アルバロ

第２ブロック　試合中
ダグラス・ガンズ　ＶＳ　オシム

第３ブロック　試合中
ジュリアン・ナイト　ＶＳ　ミラージュ・海園（かいえん）

第４ブロック　試合中
ガリレオ　ＶＳ　虎狼（ころう）

第５ブロック　試合中
ヴィクトル・バクラチオン　ＶＳ　Ａ・Ａ

第６ブロック　試合中
天道司（てんどうつかさ）　ＶＳ　エリオット・オットー

第7ブロック　試合中
てんちゃん　VS　黄英雄
第8ブロック　試合　終了
○堂杜祐人　VS　×バガトル

大型モニターに各試合会場の進行が表示される。

「何よ、あのお兄さんすごい強いじゃない⁉　何なの？　何なの？　本当にランクD？　絶対嘘よ、あんなに強くてランクDなんて！」

秋華が驚きつつも楽しそうに騒ぎ、自分の従者や祐人と別れた後、何となく行動を共にしている琴音の肩に手をかけた。

「す、すごい、堂杜さん」

琴音も実兄、水重の第1試合を除けば祐人の第8試合の状況を見ていたため祐人の勝利の仕方に驚きを隠せないでいる。

それは琴音も能力者の端くれでもある。祐人の相手となったバガトルが相当な実力者だと分かるのだ。あれだけの罠を瞬時に張り巡らし操る精神力と実戦経験の豊富さが伝わってきていたのだ。

それにもかかわらず、結果だけを見れば祐人の瞬殺といって差し支えない内容。

まだ世間知らずの琴音であるがモニター越しとはいえ、実戦の緊張感のようなものを感じ取っており、その戦闘の迫力は息をするのも忘れたくらいである。

「いやー、期待はまったくしてなかったんだけど、あれなら本当にお兄ちゃんが負けても平気かもね～」

「え⁉　秋華さん、それって……」

「でも、面白いことになったなぁ。あんなに強いとは予想外。あ、そうだ！　あとであのお兄さんの連絡先を聞いとこっと」

「あ、秋華さん？」

困惑しながら秋華を見つめる琴音のことなど意に介していない秋華は琴音に顔を向ける。

「あ、琴音さんのお兄さんは、どう？」

自分の兄よりも他人の兄の様子を聞きに来る秋華に何とも言えない感覚を覚えるが、琴音は表情を消し答える。

「兄なら大丈夫です」

「そうなの？　第1ブロックだっけ？」

「はい、兄を心配することは意味のないことですから」

琴音の抑揚のない返事に秋華は僅かにだが首を傾げた。

四天寺家重鎮たちに加え、日紗枝、アルフレッドは相も変わらず沈黙し腕を組んでいる。

祐人の戦いぶりをおさめた映像を何度も確認し、もう一度映像を巻き戻せと言われた明良の手が止まった。

同時に日紗枝や左馬之助たちが急に顔を上げる。

「何だ⁉　精霊たちが！」

「これは精霊がまるで支配されていくかのような」

目の前の上級精霊使いたちが突然に表情を硬くしてるのを見て、アルフレッドは眉を顰め大型モニターの方に視線を移した。

「あ、申し訳ありません！　第1ブロックの会場に動きがあります！　いえ、第2、第5ブロックにも動きがあるか⁉」

精霊使いでもある司会者も一瞬、硬直していたようで慌てて大きな声で実況を再開する。

大型モニターには三千院水重と対戦者であるアルバロが映し出されていた。

自然体で表情ひとつ見えない水重に対し、呼吸の荒いアルバロは互いに十五メートル程の距離で対峙していた。

「この俺が、こんな引きこもりの優男に！」

アルバロは憎々し気に水重を睨みつける。

今のアルバロの表情に余裕や冷静さは見られない。

むしろ自信を失いかけ、勝利への道筋が見つからない状況に追い込まれているようだった。

アルバロはスペイン出身の能力者で機関に所属している能力者である。

フランスのパリ支部に所属し誰もが認める実力者というだけでなくパリ支部の主力の一人とさえ言われている。

アルバロの機関におけるランクはBだ。主力というには微妙なランクというところだがパリ支部幹部たちはその実力を大いに認めていた。

何故か？

それはアルバロがランク昇格に関わる試験に顔を出さず、さらに実績によるランク昇格を拒んでいるのを知っているからだ。

これはアルバロ自身の戦術だと言う者がいる。

アルバロの性状は好戦的で挑発的、そして相手を見下すような態度を示すことが多く、それは戦いの最中においても変わりがない。まるで息を吐くように相手を挑発し煽る。

当然、この態度に相手は大いに憤るのだが、それがアルバロの狙いだというのだ。それでいくと彼自身があまりに高ランクでは挑発にならない。正当な見下しではむしろ相手が警戒するだけだからだ。

さらに興味深いのはアルバロの得意能力はそういったアルバロの性格や態度とかけ離れていることだ。

アルバロの能力は相手の能力の反射、誘導、そしてカウンターである。

相手の攻撃を冷静に見切り、相手の能力の特徴をも瞬時に解析、把握しなければできない芸当であり、それに伴い非常に柔軟な霊力コントロールが必要となる。

表面上のアルバロと相反するこの能力は相手になる人外、能力者の意表を突くことが多く、数々の依頼において多大な実績を上げてきた。

その戦いぶりからアルバロについた二つ名は【闘牛士】である。

だが、今のアルバロにその面影は見られない。

「おら、名前ばかりのお坊ちゃん！　来ないならこっちから行くぜ！」

アルバロが大きな声で水重を挑発する。

水重は眉ひとつ動かさず、また精霊使いとしては不得手と言われている準接近戦にもかかわらず、軽く拳を握る動作を見せた。

それが術の発動であるとアルバロは理解する。

だがそれが自分の挑発に乗ったのか、乗っていないのかも分からない。

アルバロは再び霊力で編まれたマントを取り出し、水重の攻撃に備えた。

先ほどは中距離で四方から風を操られ、かつ間断ない攻撃を十数分受け続けたためにカウンターはままならず、霊力マントによる誘導でとにかく身を守る羽目になった。

しかし今は精霊使いの得意レンジではない近距離。

調子に乗ったのか、または実戦経験の無さか、水重が自ら近づいてきたのだ。

（この野郎。だがこの距離ならうまく散らして、この優男の懐に入り込んでやる……は？）

一瞬、アルバロは目を疑う。

というのも水重が自分に背を向けてこの場から去ろうとしているのだ。

それはまるで自分がどんな奴か一目見に来ただけと言わんばかりの態度。

これにアルバロはお株を奪われたかのように冷静さを失う。

「て、てめえぇぇ！　何処に……何ぃぃ⁉」

すると突如、周囲の地面から水が吹き上がりアルバロを包囲する。

アルバロの弱点と言えば多方位からの同時攻撃だ。

慌てたアルバロは跳び上がり、マントを下方に広げ襲い掛かってくる水を散らそうとする。

「ぬう！　こんなもので！」

しかし水は自由に形状を変えて誘導ができない。

この時、何故か日光が遮断されて自身を影が覆った。

ゾクッとアルバロの背筋が凍る。

「ハッ⁉」

視線を上方に向けるとなんと上空からも多量の水が生き物のように襲ってきた。

アルバロは必死に四方からの水の動きを計算し、自分以外の場所へ誘おうとする。

だが、その大量の水はアルバロに接触する直前に止まり、広がり、球状をかたどるとまさに水の監獄と化した。

水は上下左右、三百六十度から徐々にアルバロに迫り、さらには今も水は供給され続け水の監獄はさらに巨大化していく。

これではアルバロの誘導も反射も意味をなさない。

（初手で跳躍したのが間違いだったのか！）

そう悟ったアルバロにはもう抗う術はなかった。

アルバロは完成された水の監獄の中で必死にマントを振り回す。

水により外にアルバロの声は届かない。

四天寺家の中庭に舞い込んだ優しい風による葉音が響く。
静寂の中、恐怖に支配された顔でもがき続けるパリ支部の猛者。
しばらくするとその動きも止まり完全に意識を失ったのだった。

第1章　トーナメント戦

水重の圧勝劇に観覧席のみならず、四天寺家の集う席でも沈黙が支配した。

それだけ一方的な戦いであり、また彼の容赦のない戦い方に妹の琴音以外は畏怖の感情すら覚えたのだ。

同じく圧勝をした祐人の時には歓声、水重の時には沈黙。

それがある意味、この二人の戦い方を表現しているのかもしれない。

この時、同じ精霊使いである四天寺家の人間たちは精霊使いのみが理解する驚きに包まれていた。

「あらあら、今の、分かりますね？　瑞穂」

「分かるわ」

朱音の問いかけを正確に理解した瑞穂は表情を硬くしている。

瑞穂は身内以外で初めて、自分と同じステージに立っている精霊使いを見た。

そして、大峰、神前の当主たちも同様だ。

　その中で最高齢であり、先代の四天寺当主の時代から大峰家の当主として仕え、最も経験豊富な左馬之助も唸るように言葉を絞り出す。

「なんと、あ奴は水と風の精霊を！　水だけに注目が集まったが風によってマントの動きを封じておったぞ」

「ほう、あの三千院の者は二系統の精霊を同時に行使したか」

　左馬之助の言葉を遮るように四天寺家の重鎮たちの背後から威厳のある声が発せられた。

　途端にその場にいるすべての人間が身を正し、その言葉を発した人物に頭を下げる。

「あなた、遅いですよ？　もうすでに始まっていますのに」

「うむ……」

　四天寺家現当主にして機関のランクSS筆頭格に挙げられる四天寺毅成は軽く頷き、朱音の横の席に向かう。

　通常、精霊使いたちは一度の術の発動で一系統の精霊を扱う。熟練された精霊使いでも二系統を操ることは非常に難しい。

　実際、世界能力者機関日本支部支部長にしてランクSの卓越した精霊使いでもある大峰日紗枝でも二系統の同時行使はできない。

　二系統の精霊の同時行使を可能にしている精霊使いは、現在過去も含め確認されているもので僅か数名。

そして、それらすべて各精霊使いの家系の当主クラスの者たちだけだ。

今、その多系統同時行使が可能な稀有の精霊使いの一人である毅成の言葉で三千院水重の精霊使いとしての実力に改めて愕然とした。

毅成は懐かしい顔を見つけて眉を上げた。

「【剣聖】、久しいな」

「はい、お久しぶりです、【雷光使い】」

「おい、その呼び方はよせ」

「フフフ、はい、毅成様。では私のことも剣聖ではなくアルフレッドでお願いします」

嘆息するように毅成は笑みを見せ、朱音の隣に腰をおろした。

水重の試合結果にどよめいていた観覧席では毅成の登場に気づき、そのどよめきは別の意味でも増した。

機関所属に五人だけ存在するランクSSの一人であり、その筆頭格として必ず名前の挙がる人物、四天寺毅成は能力者たちにとって、もはや憧れや目標のさらに先にいる存在でもあるのだ。

「で、状況は？　明良」

「はい、現在、試合が終了したのは二試合、勝者は堂杜祐人様と今の三千院水重様になります」

「ふむ……む？　堂杜？　それは確か」

毅成の眉間に深い皺が作られる。

「ふふふ、あなた、以前にお話ししました子ですよ。祐人君は一番乗りで勝利したのよ、しかも圧勝で。瑞穂も大喜びよ、ね！」

「ちょっ、やめてよ！　お母さん」

「もう、いい加減、照れることないじゃない」

「だから！」

我が事のように嬉しそうにしている妻と顔を真っ赤に染める娘の姿を見つめると、毅成はピクピクとこめかみを動かし拳を固める。

その顔には「入家の大祭など！　瑞穂に相応しい相手は自分が測るつもりだったのに！」という声が漏れ出てくるようだった。

だが、そんな毅成をまったくもって見ていない母娘のやりとりは続く。

余計に体を震わせる四天寺家当主。

その当主の様子に顔を青ざめさせる四天寺家重鎮の面々。

「あ、そうだ！　あなたも見てくださいな、さっきの祐人君の勇姿を」

「いや、あとでいい」

「明良、見せてあげて」

「はい、承知しました」

「いやだから、あとで……」

「ほら、始まったわよ！　あなた」

「……むう」

半強制的に毅成は祐人の試合映像を見せられる……が、すぐにその目が真剣なものに変わっていく。

そして、最後の決着のところで毅成は一瞬、目を見開き、そして徐々に目を細めた。

（この足の運び……あいつに似ている）

その変わっていく毅成の様子にクスッと朱音は笑みを見せる。

「明良、今の最後のところ、もう一度……」

「ああ――っと!!　第３ブロックはすごい接近戦だぁ！」

突然、四天寺家の実況が響き渡ると同時に観覧席からも歓声が上がる。

「あなた、他の試合も見てくださいな。あなたが大祭の主催者なのですから」

朱音はそう言うと大型モニターの方に顔を向け、それに大分遅れて毅成も同じ方向に目を移した。

◆

第3ブロックの会場ではジュリアン・ナイトが対戦者であるミラージュ・海園を追いかける図式になって数分が経つ。

「あんた、すごいね！　ようやく捉えたと思ったのに。機関にも所属してないよね？　あんたみたいな能力者がいるなんて世の中は本当に広いよ！」

「ふん、よくしゃべるガキだ」

ジュリアンは鎖に巻かれた鞘に収められたままの剣を振るうが、海園の姿はまたしても消え、右後方からクナイが飛来しジュリアンは剣の平でそれを弾く。

「そっちか!?　まったく、どれが本体なのかここまで掴ませないなんて！」

ミラージュ・海園は機関に所属していないため情報が少ない。

出身不明であり偽名の可能性は高い。その名前と東洋人の面影が見られることから日本人の血が入っていることは想像できたが、それもどうかは分からなかった。

だが、おのれ自身で幻影(ミラージュ)と名乗り、今のところその能力もそれに準じた戦いをしているところから、自分自身の力に相当な自信があるのか、または無名の自分を売り込みに来ているのかのどちらかかと皆(みな)推測した。

また、かつて機関発足(ほっそく)時にランクSの能力者を二代続けて輩出(はいしゅつ)した名家中の名家だったイングランドのナイト家から来たというジュリアン。

ナイト家はかつてのSランカー、ランダル・ナイトの一人息子(むすこ)ブライアン・ナイトが若くして逝去(せいきょ)した後、機関とも距離を置き、能力者たちの世界から姿を消したと言われていた。

ところが、そのナイト家からブライアン・ナイトの息子と名乗るジュリアンがこの入家の大祭に参戦してきた。

今現在、ナイト家を知る者も減ってきているが、その過去の栄光を知る人間たちは少なからずの驚きを覚えた。特にナイト家に伝わる『トリスタン』の称号(しょうごう)を受け継(つ)いだランダル・ナイトの戦いぶりを見たことのある左馬之助などは声を上げて驚いた。

とはいえ、ナイト家は第一線から退いたと言われている家系。

そして、ミラージュ・海園は無名。

今は機関にも所属もしていない両者がトーナメント戦に勝ち抜(ぬ)くまで、正直、誰も注目などしてはいなかった。

だが今、この二人の戦いは見る者が見れば分かる。

互いに才気に溢れ、今現在の実力は既にどの機関の支部に所属してもエースに成り得る雰囲気をまとっていることを。

「これは……堂杜祐人、三千院水重にも驚いたが」

「はい、左馬之助様。私も過去の入家の大祭は知りませんが、この度のこの大祭にこれほどの才気溢れる者たちが集まろうとは思いませんでした」

大峰家当主の早雲は大型モニターから目を離さずに左馬之助の言わんとすることに同意する。

ジュリアンの鞘に収めたままの剣による剣撃は常識では考えられない速度であり、かつ自由奔放。それに対し、そこにあるもの、と、そこに無いもの、を織り交ぜ、戦いを変幻自在に操る海園。

「資料を見れば二人は十六歳と二十歳の若者だと？　本当か？」

「一応、年齢だけは偽ることを禁じていますので本当だと思いますが……見た目もそれくらいに見えますし」

「むう、特にあのミラージュ・海園という者の戦いの運びは普通ではないぞ。幻術能力だけではない。戦いの間と場をコントロールしておる。一体どういう能力者だ。これで無名とは信じられん。本当にフリーの能力者なのか？」

　この左馬之助の指摘は正しい。

　海園はまるでその戦いのフィールドを我がもののように、まるで戦いなれたホームグラウンドで戦っているように動き、反撃し、時にはジュリアンを誘っている。

「確かにとんでもないですね。ですが一見、派手な接近戦ですがどちらも決定打に欠けているといいますか、踏み込みが弱いようにも見えます。剣聖はどう思われますか？」

　早雲は顎に手を当てつつ、同じくこの第三ブロックを観戦しているＳＳランクのアルフレッドに顔を向けた。

　アルフレッドはモニターを見つめる目を細めつつ早雲に対し自分の考えを述べた。

「はい、恐らくですが、これはどちらも本気で戦っていないということでしょう。いや、大した若者たちです」

「ほう」

「警戒しているんですよ、お互いに。戦ってみて分かったのでしょう、想像よりもはるかに高い相手の実力が。となると下手に動けば予想外の攻撃を受けるかもしれない。つまり相手が本気になるタイミングを計っているんです。ジャブは互角、では次のパンチはいかなるものを持っているのか？　それによって自分の持つパンチの出し方が変わる」

「むう……確かにその通りだな。わしも参加者の実力を低く見積もりすぎていたようだ」

「ですがそろそろ動くでしょう。このままいつまでも探っているだけでは勝負はつきません。どちらかが仕掛けるでしょう」

「くう！　また偽物！」

幾度となく繰り返される偽物への攻撃にジュリアンは段々と苛立ちを隠さなくなった。

ジュリアンが足を止める。

「……頭にきた。もう終わらせる」

今までどこかにやけた表情で戦っていたジュリアンから浮つきが消え、暗く鋭い視線が本物か偽物かも分からない海園に向けられる。

するとニヤッと海園も不敵な笑みを返した。

ジュリアンは鞘に収まり鎖で雁字搦めにされている剣を海園にゆっくりと向ける。

「やっとか……どう見てもそれが怪しいと馬鹿でも分かる。それが解放されない限り、こちらも動きようがないからな」

「後悔するよ？」

「そういうセリフは吐かない方がいい。俺はそういうセリフを吐いた連中が恥をかくところを何度も見てきたからな！」

そう吐き捨てると海園はどこから出したのか、両手の指に複数の短剣を挟み、重心を低くした構えを見せた。

◆

「しかし、どこもすげーな。これが現実の戦いかよって思ってしまうわ。この臨場感は最新の映画でも味わえねーぞ」

一悟が各試合を映し出す大型モニターを見ながら興奮気味に唸るとその横では小柄な体を伸ばすように立ち上がって大声をあげる静香がいた。

「すごい、すごい、すごい！　ちょっとあんた！　そこは逃げるな、男だろ！　ああ、何⁉　その技！」

「痛っ！　おい、水戸さん、落ち着けって！」

「馬鹿者！　こんなの見せられて落ち着いていられるか！　おお、跳んでるよ！　あの人、十メートル以上は跳んでるって！　こんちきしょー」

「こんちきしょー、って、あんた」

元々、格闘技が好きだった静香のテンションはマックスで手が付けられない状態になっている。

三千院水重の第1ブロック、祐人の第8ブロックは早々に終了したが今はどこの試合会場も動きを見せていた。

このトーナメントの勝者は次の日も勝ち抜いた者同士で戦うという非常に厳しい日程が組まれている。そのため、今日のこの試合に時間をかけて消耗することは避けたいという心理が働くところがあった。

しかしようやく手の内を見せ始めた能力者たちにどの会場も盛り上がっている。

特にニイナたちは次の祐人の相手になる第7ブロックを中心に観戦していた。

もちろん静香もそのはずなのだが、茉莉が「こうなった静香はもう放っておくしかない」と言ったので放置した。

その第7ブロック会場。

他の試合会場と比べるともっとも何も起きていない会場だった。

というのもこの第7ブロックの黄英雄とてんちゃんという対戦者はまだエンカウントし

ていないのだ。英雄の方は必死に試合テリトリー内を索敵しているのだが、まったく対戦者であるはずの能力者が見つからない。

　英雄も当初は罠の存在を警戒したが、元々我慢強い方ではない英雄はすぐにしびれを切らしてテリトリー内を自由に走り回っている。

「ああ、何だかなぁ。お兄ちゃんは何をしてんの？　あれ」

　もう飽きてきたという感じで秋華がぼやく。

「琴音ちゃんのお兄さんはすごいよねぇ！　すぐに倒しちゃったし。そういえばお兄さんのところには行かないの？」

「いえ……うちの兄は、そういうことを望む人ではないので」

「そうなの？　なんだか冷めてるね」

　秋華のストレートな感想に琴音は苦笑いする。

「でもいいよ、すぐに結果を出してるんだから。それに比べてうちのお兄ちゃんは……」

　秋華にそう言われて第7ブロックのモニターに琴音も顔を向けた。

「でも相手がまったく出てこないのでは秋華さんのお兄様もどうしようもないのではないでしょうか？」

「それよ！　そんなのすぐに見つけて戦いなさいって言いたいのよ。今朝、試合前に私に向かってこの兄の勇姿を目に焼き付けておけ！　あの不埒な野郎を叩きのめしてくるからな！　って言っておいてこれだからなぁ。ほら見てよ、あのお兄ちゃんの表情。あれ、相当、頭に血が上ってるわ」

　秋華の言う通りモニターでも分かりやすいぐらいに額に血管を浮き上がらせている英雄が見える。

「もういいや、つまんないし」

「え!?　最後まで見ないんですか？　あの……応援は？」

　つまらなそうに立ち上がろうとする秋華に琴音は驚く。

「もちろん応援はしてるよ。一応、私のために頑張るって言ってくれてるし。でも別に見てなくても応援してればいいでしょ？　もし勝ったらすごい褒めてあげるよ。それだけでうちのお兄ちゃんは大喜びだから。単純だからね、うちのお兄ちゃん」

「いいお兄様ですね、すごく」

「うん？」

「いえ」

「あ、そうだ！　堂杜のお兄さんはどうしてんのかな？　あの人、見た目によらず、めちゃくちゃ強かったじゃない。ちょっと探しに行ってこようかな！　琴音ちゃんも行く？」

「え⁉　それはやめた方が……試合が終わったばかりで堂杜さんも疲れているかもしれないですし」

「大丈夫だよ！　あっという間に倒したんだからきっと疲れてなんかないよ。ちょっとすごいね、って褒めてあげるだけだから」

「で、でも今回、私たちは堂杜さんの対戦者の関係者ですし、堂杜さんにしてみれば敵の妹ですから私たちに労われても困るだけじゃ」

「え？　何を言っているの、琴音ちゃん。私たちが勝ったのを労ってあげたらきっと喜ぶに決まってるじゃない」

「そ、そうでしょうか？」

「当たり前よ！　だってこんなに可愛い私たちが労ってあげるんだよ。こんな贅沢は世の中に存在しないもん。それにあの人、誰にも応援されてなさそうだし。可哀想でしょ？」

たしかに祐人は一人で来ているようだった。従者もいるような感じではない。

琴音は試合前に祐人を送り出した時に頑張ってください、と伝えたらば、祐人が嬉しそうな表情で手を振ってくれたことを思い浮かべた。

すると不思議と琴音も心が軽くなるのを感じる。

「そうですね……少しくらいなら応援してても。あ、もちろんお兄様の次にですが」

「もちろん私もそうだよ。ふふん、じゃあ行こうか」

　鼻歌を歌うように機嫌の良い秋華。

　その秋華を見ていると琴音はある疑問が湧いてくる。

「あの、いいですか？　秋華さん」

「うん？　なに？」

「秋華さんは何故、堂杜さんに……その、関わろうとするのでしょうか。ごめんなさい、深い意味はないのですけど」

「うーん、なんか面白いんだよねぇ、あのお兄さん」

「面白い、ですか？」

「うん！　だってさ、あのお兄さん、機関のランクはDなのよ。あんなに強いのに。おかしいと思わない？　初めて話した時も私の関節技を簡単に抜けていったしね！」

「か、関節技ですか」

「私はねぇ、こう見えて鋭い人間なの」

「はあ」

　秋華の言っている意味が分からない琴音は首を傾げる。

「それにこの大祭での目立ち方。さっきの四天寺のアナウンス聞いた？　あれはまるで堂杜のお兄さんを四天寺家が全力で推し出しているみたいじゃない。お兄さんって間違いなく無名よ。それなのにおかしいでしょ」

「たしかに、そう言われてみれば」

「琴音ちゃん、単刀直入に聞くけどあの堂杜お兄さんのこと、どう思う？」

「え⁉　そそそ、それはどういう意味ですか⁉」

「いいから。どんな人か？　っていう印象よ、第一印象！」

そう言われ咄嗟に琴音は祐人と出会ってからの会話や祐人の仕草、表情を思い出す。

「分かりませんが、いい人……だとは思います。あ！　別に男性としてとか、そういう意味では……」

「でしょう⁉　あれはいい人よ！　それで間違いなくお人好し！　この世界では珍しくね。でも、それだけじゃない顔も見せる」

秋華のこの言葉に琴音はふとトーナメント前の怒りを露わにした祐人を思い出す。

「もしかしたらだけど超優良物件かもよ、琴音ちゃん。私たちみたいな変な家に生まれた女の子にとって！」

「それはどういう意味でしょうか？」

「しかも何でも言うこと聞いてくれそうだし！　行くわよ、琴音ちゃん！」

生まれ、そしてついに黄英雄のいる第7ブロックでも動きが見えたのだった。

それと同時にジュリアン・ナイト、ミラージュ・海園の第3ブロックの攻防に大歓声が

秋華に強く手を引かれて琴音は観覧席を後にした。

「あわわ！　は、はい！」

◆

「この黄英雄が相手で臆病風に吹かれたのは理解してやるが、もういい加減、かくれんぼは終わりにさせてやる」

英雄は立ち止まると震える拳を握りしめて吐き捨てる。

すると強力な霊力のうねりが生まれ、英雄を中心に集約されていく。

その霊力はしっかりと澱みなくコントロールされており、これだけでも英雄の類まれなる才能が垣間見える一瞬でもあった。

「フウ！　来い、ケットシー！　俺の体を貸してやる！」

英雄は黄家に伝わる固有伝承能力【憑依される者】を発動させる。

固有伝承能力とはその家、もしくは血筋によってのみ発動可能な特殊能力である。固有

伝承能力を持つ家系は非常に稀であり、世界を見渡しても数えるほどしかない。

その中でも黄家の固有伝承能力【憑依される者】は有名であり、強力な能力として知られている。

この【憑依される者】は黄家の人間だけが持つ神霊や聖獣、または英霊等も含めた人外との感応能力を利用したもので、その成り立ち、仕組みは解明されていない。

というのも召喚とは似て非なるもので呼び出した神霊等に自らの体を貸し出すという通常では考えられないほどのリスクを伴う芸当だからだ。

能力者たちの常識で考えれば、そのまま憑りつかれて体の主導権を失い、食い殺されてしまう。

だが黄家の人間だけにはそういったことが起きない。

これはあくまでも噂や憶測の域を出ないが、黄家の初代が人外とのなんらかの特殊な契約術を開発したか、もしくは自らの血筋に特殊かつ強力な加護を施したのではないかと言われている。

英雄は己の体の中に自分とは違う者が入ってくるのを感じ取る。

この感覚は黄家の者にしか分からない感覚といえるだろう。

すると僅かにではあるが徐々に英雄の体、骨格、そして容貌が獣のような姿に変化を見せる。

「猫妖精(ねこようせい)の王よ！　ここに隠(かく)れた不埒な臆病者(おくびょうもの)を探し出せ！」

英雄が言い放つと英雄から一陣(じん)の風が巻き起こり、第7ブロックのテリトリー内にその風が吹き抜けていく。

そして、その風は段々と数百匹(ひき)の大型の猫(ねこ)たちの姿に変わっていき、英雄の目となり鼻となり、その情報が英雄の体と感覚を共有するケットシーに帰ってきた。

〝おいおい、黄家の坊(ぼう)や〟

「何だ、ケットシー」

〝まったく、お前の目は節穴かニャ？　こんな探索(たんさく)で呼びやがるニャンてな〟

「何だと⁉」

〝ニャア、もう分かるだろう？　相手がどこにいるのか？〟

英雄はケットシーの言葉にハッとし大きく跳び退いた。そして、そのまま振り返りざまにケットシーから借りた二本の霊短剣(れいたんけん)を先ほどまで自分のいた位置に放つ。

その霊短剣は地にある英雄の影に突き刺(さ)さる。

英雄が跳び退いたのにもかかわらず、そこに残っていた英雄の影。

「おっとっと！　危ないのう……じゃないわい、危ないぜ！」

するとその影から緊張(きんちょう)感のない声が聞こえたと思うと影がゆらゆらと立ち上がる。

そこには英雄の霊短剣を左右の人差し指と中指で挟みつつ、大あくびをする影が段々とはっきりとした姿かたちに変化していく。

今、英雄はようやくにして対戦者、てんちゃんとエンカウントした。


英雄の眼前に姿を現したてんちゃん。

背は高くなく体も華奢(きゃしゃ)で、トーナメントに勝ち上がってきた他の能力者のような精強さは感じない。また、メキシコのプロレスラーが愛用しそうなマスクをしており、そのマスクもセンスを疑うもので見ようによっては垂れ目のライオンのような印象を受ける。

「何だ、このふざけた野郎は」

これが思わず漏らした英雄の正直な感想であり、大多数の意見と言えよう。

しかし英雄も馬鹿ではない。

この相手がとんだくせ者であることは分かっている。何故(なぜ)なら、つい先ほどまで自分に一切(いっさい)、気づかせもせず、ずっと影に扮(ふん)して身を隠していたのだ。尋常(じんじょう)ではない。

だが英雄は怯(ひる)んでなどいない。

いやそれどころかこの相手を視認(しにん)して、より大きな怒りが湧き出てくる。

「おい、てめえか……俺の可愛い妹のシャワーを覗いたってのは！」

「ななな、なんのことじゃ……だ⁉　言っていることがさっぱり分からんぞ。そんな根も葉もない言いがかりはやめてくれないかのう」

明らかに狼狽えながら反論するてんちゃん。

「この糞野郎、あからさまに狼狽えてんだろうが！」

「な、何のことだか。証拠もないじゃろ……だろうに。ひどい濡れ衣だぞぉ。わし……私はお前の妹など見たことも会ったこともないぞ」

「俺の妹がしっかりとてめえのそのいやらしい目を確認してんだよ！　てめえがいくら白を切ろうと無駄だ！　その後、お前がラウンジに逃げ込んでんのも分かってんだ！」

「ほほう……あの娘がの？　中々、よい目をしておるな、この儂の姿を捉えるとは。いやそうか、どうやらその今のお前さんと同じ能力の持ち主か。ふむ、そう考えるとその能力はお前さんよりも……ふんふん、それは、それは」

「何をグダグダ言ってやがる！」

「いや、そのお前さんの妹に忠告をしておいてくれ」

「あん⁉　何を言って……」

「今、お前さんが使っている能力をあまり使ってはならんとな。あの娘には危険すぎる」

「……！」

英雄は顔色を変えた。

まるで黄家の人間のみが知ることを言い当てられたように。

「てめえ、一体、何を」

「良いか？　必ず伝えておけよ。あの娘はすでに無意識にその能力を使っておるぞ」

「ぬうう！　黙れぇ！」

英雄が霊短剣を放つが、軽く躱すてんちゃん。

「おっと、危ないのう。せっかく忠告してやってるのに」

「おい、覚悟はいいいな」

「おいおい、まったく何でそうなるんじゃ」

「てめえは今、自分で俺の妹のことを覗いていると言ってるだろうが！　このホラ吹き変質者がぁぁ!!」

「……あ」

「馬鹿にしてんのか！　ぶっ殺してやる！　ジジイのようなしゃべり方しやがって！」

英雄は猫のように低い体勢をとり、今にも襲い掛からんとしなやかで強靭な脚に力を籠める。ケットシーの持つ特徴が英雄に力を貸しているのだ。

しかしそこで今の相棒であるケットシーから声がかかる。

〝おい、待てニャ！　黄家の坊や〟

「こんな時に何だ！　ケットシー」

〝本気でこいつとやる気かニャ？〟

「当たり前だ！　何を言って……」

〝やめとけニャ。こいつとやり合うのは馬鹿げてるニャ〟

「なに⁉　それはどういう意味だ」

〝とても勝てる相手じゃニャいと言ってるんだニャ。逃げるための猫だましなら分かるが、戦うのにこれほど馬鹿げた相手はニャいな〟

「えーい、うるさい！　愛妹のシャワーを覗いた奴(やつ)を前にして、しかも瑞穂さんをかけた戦いで逃げるなんてできるかぁ！」

怒りが頂点に達しているのもあるが、この入家の大祭に参加した意味から考えて英雄にケットシーの言葉を受け入れるという選択肢(せんたくし)はない。

〝まあ、忠告はしたニャ。あとは知らないからニャ。あ～あ、できれば他の奴に代わってほしいニャ〟

「くたばれぇ！　この変質者が！」

英雄が動く。

その瞬発力はケットシーから受け渡されたもので常人の目には速すぎて見えないものだ。

またそのスピードを生かすケットシーの愛剣であるレイピアを片手に持ち、一瞬でてんちゃんの間合いに入るとレイピアを前方正面、てんちゃんの胸に突き出す。

それに対し、てんちゃんは英雄の動きに片眉を上げて目に力を込めたようだった。

この動きだけを以てしても黄英雄が新人にして機関の定めるランクAを取得したことが分かるものだった。

能力者といっても目の前の相手を見失うほどのスピードで動ける者は中々いるものではない。

実際、観覧席では大型モニターを通して見た英雄の能力や動きに感嘆の声が漏れていた。

これを見た者は改めて、黄家の固有伝承能力【憑依される者】に畏怖の念すら覚える。

入った！　と英雄は確信した。

さすがに急所を外したのは慈悲ではなく、瑞穂の前で血なまぐさいところを見せたくないだけだ。というより相手を倒した後にそれを決め台詞で使うつもりだっただけ。

だが、英雄の強化された聴覚に耳障りな老人の声が聞こえてくる。

その声は明らかに自分の真横から発せられたものだ。

「ふむ、良い筋をしているの。だがちょっと直線的すぎるのう。お主、自分のスピードに動体視力が追いついていないのじゃ。だから安易に直線的な動きに頼る。本来はその動体視力も借りているはずじゃろうに」

「な⁉」

突き出したレイピアは文字通り空を切り、凄まじい突風を前方に巻き起こす。

その英雄の真横には腕を組み、英雄の動きの欠点を教え諭すように語っているてんちゃんが立っていた。

「良いか？　お主はその人外との感応力を全身にバランスよく行き渡らせなければいかん。才能だけに頼っておるからそうなるのじゃ。まあ才能豊かな若者がよく陥るところではあるがのう」

「ハアーーー！」

英雄が全力で小剣を横に薙ぐ。

するとてんちゃんはゆっくりとした動作で英雄の握る小剣の柄を手のひらで受け止めた。

英雄は目を剥く。

まるで自分自身がそのてんちゃんの手のひらに剣を預けにいったような感覚を覚えたからだ。

そして何故か全身が動かないことにも理解が追いつかない。

　英雄は全身からにじみ出る冷たい汗を感じ取る。

「馬鹿者。お主は今、戦場だったら死んでおるのだぞ。儂の声が聞こえた時点で回避行動にも移らぬとはのう。お主、だいぶ修練を怠っていたの。いかんじゃろ、それではせっかくの才能も宝の持ち腐れじゃ」

「な、何なんだ、お前は！」

「うん？　わしはてんちゃんじゃ。今回、嫁を探しに来た二十歳の若者じゃ」

「嘘をつけ！　明らかに歳を偽っているだろう！　二十歳の若者がそんな話し方をするか。しかも自分で若者アピールもするものか！」

「ハッ⁉　私はてんちゃんだ。今回、歳の近い嫁を探しに来たんだぜ」

「今更、遅いわ！　すぐに四天寺家の運営に話をしてそのマスクを取るように言ってやる！いや、その前に俺の『ク・フォリン』で……」

「むむ、それは困るので一週間ほど眠ってもらおうかの」

「ふぁっ」

　ここで英雄はてんちゃんの手刀を後頭部に受けて意識を失った。

「まったく、黄家は何をやっとるのかのう。嫡男だからといって甘やかせすぎじゃ。戦いに負けて次があるわけがなかろうに。それにの、最強の技があるならいつでも出せるように準備をしておかなくてはのう」

そう言うとマスクの中から下品な笑い声を漏らす。

「ぐっふっふ〜、あと三回勝てば幼な妻ゲットじゃのう。いやぁ、こんなもんで手に入るとはおいしいのう、ぐふふ、ぐふふふふふ。美麗にはいい情報を流してもらったわい。感謝、感謝、大感謝！　おっと、いかんいかん、年甲斐もなく鼻血が……」

てんちゃんは鼻を摘まむと重力のない地表を歩くように第7ブロック会場をあとにする。

「じぇいけい妻に〝はい、あーん、てんちゃん〟が目の前じゃ！」

◆

祐人は試合終了後、重傷を負った対戦相手のバガトルを四天寺家の大祭の運営に引き渡し、試合後、参加者たちが休息をとるエリアで休んでいた。

芝生の上に屋根だけの大きなテントが数個設置され、椅子が用意されている。

ここにもご丁寧に各試合を映す八台のモニターが用意されており、他会場の試合の様子を見ることができた。

この場所には四天寺家が万が一のために用意している応急治療の設備も用意されており、治療スタッフたちはいつでも動けるように真剣に試合状況を確認し参加者のダメージの様子を確認している。

もちろん祐人は無傷のためこれらにお世話になることはなかったが、バガトルのダメージは主に自分自身の奥の手によるものがひどく簡易手術ユニットへ運ばれていった。

この時、祐人は三千院水重の試合を見ており、表情を硬くしていた。

水重の試合は戦闘と呼べるものではない、と感じ取っていたのだ。

言うなれば一方的に仕掛け、好きなように試し、興味が失せて終わらせた。

(これはまるで自分自身を試しているみたいだ。自分の立ち位置から相手を見下ろし、どの程度の力加減で相手が倒れるのか、それだけを確認した)

祐人が思うに水重は対戦者を気にしてもいない。気にしたのは自分のみ。

そういう戦い方だった。

これでは水重の力量は測れない。

対戦者だったアルバロには悪いが水重の実力を測るほどの戦いができていなかった。

決してアルバロが弱かったわけではない。いや、むしろ戦いがアルバロの得意な形にはまればアルバロは相当な大物を喰うこともあり得る能力者だったはずだ。

だが結果は水重の蹂躙と呼ぶにふさわしい結果。

この大祭で幾人もの強者が参加してきていることは理解していたが、この三千院水重という男だけは一人、底が知れない。

祐人は汗の滲む己の手のひらを見つめると拳を作る。

他の参加者たちにも色々と考えるところはあるだろう。だが、祐人とてこの大祭に参加したのは瑞穂のために参加したのだ。

瑞穂はあの力を使い、一度は忘れた自分のことを思い出してくれ、しかも今でも自分と繋がってくれている掛け替えのない友人だ。

その友人が今、困っている。

祐人は今、瑞穂にしてあげたいこと、そして、自分がしたいことを思い、決意を新たにした。負けるわけにはいかない。

(まだ試合はある。水重さんとぶつかるとすれば決勝戦。それまでこの人の戦いは注視する)

祐人はこう考えるとすぐに気持ちを切り替え、第7ブロックに目を向けた。

当然、次の対戦相手となるのは第7ブロックの勝者。

しかも第7ブロックにはあのランクAの黄英雄がいる。

祐人はどうにも英雄が苦手だがその実力は新人試験でも確認済みだ。

特にあの【憑依される者】を相手とするのは面倒なことになると考えていた。

腕を組み、祐人は黄英雄の持つ、その固有能力のことを考える。

（あの【憑依される者】は脅威だ。何といっても状況に応じて憑依させる人外を選べると聞いているし）

祐人がこの黄家の固有伝承能力を脅威に感じるのは正しい感覚だ。

それは戦闘において経験豊かな能力者であれば誰でも分かる。

どれだけの熟練能力者でもスキルや能力が偏れば必ず弱点や欠点が存在するものだ。

しかし、この【憑依される者】は憑依対象を変えるだけで、その長所と短所までもが変化してしまう。

つまりそれは戦う相手やフィールドによってそれに適した能力に変えることができるという、とんでもない能力といえるのだ。

（弱点があるとすれば、おそらく憑依対象を変える時にタイムラグがあるんじゃないか。それが分れば……お、ついに使うみたいだ）

モニター内で怒りに打ち震えた黄英雄が相当量の霊力を駆使し、コントロールし始めたのが見える。そして英雄の容姿に変化が現れ始めたのを確認して祐人は驚いた。

「す、すごい。思ったより発動から憑依までの時間が短い！　そういうものか、それとも個人の力量か分からないけど。ただ、無防備だな。召喚士に似て極度の集中が必要なのかな。移動しつつ身を隠しながらの憑依はできないのかもしれない」

そう分析していると英雄が対戦者であるてんちゃんと対峙した。

また、その直前の僅かな攻防で英雄の対戦者のてんちゃんの動きに祐人は感心してしまう。

（へー、あれを指で受けるなんて、大した奴だな。それにしても相手の影に身を潜めるなんて、いつの間に？　僕でもそんな芸当は難しいのに。一体、どんな能力者なんだ）

英雄とてんちゃんは互いに何か言い合っているようだが、モニターからは場所が悪いのか声までは聞こえてこないため、観覧者たちにはその内容が分からない。

しかし読唇術に長けている祐人には角度的にうまく二人の顔が映っているため、二人の会話が正確に理解できた。

「……は？」

祐人の組んでいた腕が緩む。先ほどまで黄英雄のことばかり考えていたが、今はその英雄の前に現れた対戦者に意識が集中してしまう。

「なに？　この会話。というより、この話し方……」

祐人はこれでもかというぐらいにまぶたを大きく広げるとモニターにかじりつくように両手でモニターの両端を掴む。

「いやいやいやいや！　ちょっとまてまてまて!!　うおい！　あのてんちゃんってのは……うん？　うーん？　てん……ちゃん？　てん？　纏」

「ああ！　いたいた！　堂杜のお兄さーん！」

「うん？」

背後から大きな声で呼ばれて振り向くとそこには秋華と琴音がいる。

「あ、秋華さん！　どうしてここに!?　琴音さんまで」

「ふふん、お兄さんがすごい試合をして勝ち上がったから褒めに来てあげたのよ。すごいじゃない、お兄さん！　まさかお兄さんがこんなに強いだなんて思わなかったよ」

「ええ？　わざわざそれを言いに？　でも二人はお兄さんが参加して……そういえば、今、秋華さんのお兄さんが戦ってるよ。いいの？　応援しなくて」

「いいの、いいの、それはそれよ。応援はしてるし。琴音さんもそうよねぇ」

秋華の背後でモジモジしている琴音は秋華に背中を押されると俯いた顔を上げる。

「あ、あの……その……お疲れさまでした、堂杜さん」

正直、祐人はこの二人がわざわざ、ここに自分を労いに来るとは意外で驚いてしまう。

というのも二人はこの大祭参加者の関係者であり、今回、自分は二人にとって敵とも言えるのだ。

「ちょっと、お兄さん、言うことがあるでしょう。わざわざお兄さんを労いに来た可愛い私たちに！」

「あ……うん！　ありがとう！　秋華さん、琴音さん」

「そうそう！　嬉しいでしょう。私たちみたいな女の子たちに褒められて」

「あはは……でも、うん！　もちろん、嬉しいよ！」

祐人が笑顔を見せると秋華は満足げに笑い、琴音はホッとするようにはにかんだ。

もちろん、てんちゃんなる不届き者を万が一、英雄が撃ち漏らしたときに自分が叩きのめさなくてはならないと約束しているから、ということは分かっている。

でも可愛い年下の少女たちが自分のところにわざわざ来てくれたのはやっぱり嬉しい。

(不届き者のてんちゃん……あ、そうだ！　試合は⁉)

ハッとした祐人が顔色を変えてモニターに視線を移そうとすると、秋華が自分の目の前に近寄ってきて顔を上げる。

「ここに来たのはお兄さんを褒める他に聞きたいことがあったの」

「うわ！　え？　何？」

ちょっと秋華が近かったのもあり戸惑いながら返事をする祐人。

琴音も秋華の女の子としては大胆にも見える行動に驚いているようだった。

「お兄さんってさ、すごい強いよね。あんな芸当ができる能力者なんて私、知らないもの」

「ま、まあ……そうかな？　弱くはないかな」

「それなのにお兄さんってランクがDなんだよね。何で？　試験の時に手を抜いたの？」

「そんなことないよ、真剣にやってランクDだったんだよ」

「ふーん、じゃあ、お兄さんの堂杜家って能力者の家系なの？」

「え⁉」

秋華の質問の意図が読めないが、祐人はチラッとモニターに映るてんちゃんを見る。

場面は今にも英雄と激突しそうな雰囲気を出している。

「いや、僕は天然能力者なんだよ。だから二人みたいな能力者の家系の人たちとは縁遠いかな」

「ほうほう」

「な、何？」

「ううん。ということはぁ、お兄さんってこんなに強いのにもかかわらず能力者の家系でもない、それでいて無名なんだよね」

「そ、そうだね。というか、なんなのかな、これ。どういう質問？　秋華さん」

横にいる琴音も連れてこられたはいいが、秋華の質問の意図は分からない。

ただ祐人の情報には真剣に耳を傾けているようだった。

「じゃあ、最後の質問！」

「う、うん」

「堂杜のお兄さんは何で……この大祭に参加したの？」

秋華の表情が悪戯っぽい策士のように変わる。

後ろで秋華と祐人のやりとりを聞いている琴音はこの質問に不思議と寂しさを感じるが、ここにきて秋華は一体、何を聞き出そうとしているのか？　と思う。

琴音はただ祐人の初戦の勝利におめでとう、と言いに行くとしか聞いていないのだ。

それに、

(そんな分かり切った質問。それは祐人さんが瑞穂さんを好きで……)

「え？　そ、それはもちろん、瑞穂さんを……」

その祐人の当たり前の回答を琴音は長いまばたきをしながら聞き、心なしか俯く。

そこに祐人の定型文のようなセリフを遮るように、祐人の会話のリズムを絶妙なタイミングでずらすように、秋華が大きな声を出した。

「あ！　質問の仕方を変えるね。お兄さんはこの大祭に参加を促されたの？　そうね、たとえば四天寺家にお願いされた、とかね」

「えぇ！　何でそれを!?　あ……な、なんの話かな？」

祐人は秋華のまるで真相をえぐるような質問に思わず驚愕し、背筋を伸ばしてしまうが必死に取り繕う。

「うんうん。もういいや、大体、分かったから」

「な、何が？　何が分かったの？　秋華さん」

その祐人の質問は同時に琴音も心の中でも湧いたものだった。

秋華はニヤリと嫌な笑みを祐人に向ける。

何故かゾクッと悪寒が走る祐人。

これほど我が意を得たり！　という策士のような笑みが似合う少女もいないと感じる。

「秋華さん、だから一体、何が分かったのかな、ちょっと誤解があるかもしれないから」

「ああ――――!!」

「のわ!?」

「きゃっ！」

祐人が秋華に言い訳のための会話を始めようとした途端に秋華がまたしても大きな声を

上げたので祐人も琴音も跳び上がる。

「ちょっと！　お兄ちゃん、本当に負けちゃったじゃない‼　何よ、あんなクズ野郎に負けるなんてどういうことなの⁉」

秋華の言葉でハッとした祐人は慌ててモニターに振り向くと、白目を剥いて倒れている英雄を置いて、スキップするようにその場から離れるてんちゃんの姿が映し出されているではないか。

そしてどういう理由か、てんちゃんは上を向いて鼻を摘まんでいる。

「信じられない！　馬鹿兄貴！　起きたらとっちめてやるんだから。しかも、あの変態野郎の馬鹿にしたような態度！　キイ――！　超ムカつくぅ！」

その横では祐人はてんちゃんの唇の動きを読み、愕然とする。

（こ、こいつは間違いない、間違うはずもない！）

怒りに打ち震える秋華の横で祐人の全身もガタガタと震えだす。

これは、もちろん怒りによるものである。

祐人の怒りは頂点に、いや、頂点を突き破っていると言っても過言ではない。

「お兄さん！　こいつを……」

「みなまで言わなくていいよ、分かってる」

今度は祐人が秋華のセリフを先回りしたように口を開いた。

「こいつは、この糞ジジイは必ず僕が倒す……いや、ぶっ殺してやる！」

「お、お兄さん……私のためにそこまで怒ってくれるなんて。もう、嬉しいじゃない！　うん？　ジジイ？」

「堂杜さん、そんなに怒って」

普段、優しそうな祐人が、まさに怒髪天を突く状態を目の当たりにして琴音は驚き、また若干の恐怖すら感じたが、

（堂杜さんは、本当にこういう覗きをするような卑怯な人間が嫌いなんだわ。まるで自分のことのように怒って。他人のためにこんなに感情を露わにして怒れるなんて……）

このように思うと何故か顔が熱を帯びていき、祐人を見るのに眩しさを感じるような初めての心持ちに動揺してしまう。

「ああ、任せて。僕はこいつを肉体的にも、精神的にも抹殺してくるから！」

「うん、任せたよ、お兄さん！　普段、優しくていざとなれば頼もしいなんて、いいね！　ね、琴音ちゃん！」

「え⁉　あ、はい。そう……思います」

「よし、お兄さん！　私の恨みを晴らすため、他に被害が及ぶ前にあの野郎の一族郎党す

べてを殺すつもりで明日は戦ってね！」

「うん！　分かった……って、うーん？　一族郎党？　一族……あ、ああ、一族郎党は勘弁してあげようね！　本人以外に罪はないからね」

「なんでよう、気持ちの問題じゃない、気持ちの」

勢いを抑えられたようで、唇を尖らす秋華だったが、こんな祐人の発言を琴音などは「なんて、冷静でお優しい」と小声でつぶやくのだった。

◆

「明良、瑞穂はどうしてますか？」

「はい、瑞穂様はご友人のところにいるようですね」

「そう。まあ、それもいいでしょう。本当は祐人君に連絡の一つでもとってほしいですが」

朱音は夕食後のコーヒーに手をつけながら小さく嘆息をした。

トーナメントの初戦を終えて大勢の四天寺の人間が後片付け及び明日の準備に駆り出されており、大祭参加者たちも勝者、敗者にかかわらず体を休め、手傷を負った者は手厚い治療を受けているところだ。

この大祭は最後の時まで過酷な日程で組まれている。

そのため、それぞれに与えられる自由な時間は少ない。それは勝ち残った者たちが次の試合の相手の対策を練る時間が非常に少ないことも意味している。

四天寺にとってこの大祭で測りたいのは参加者の自力の高さであり、参加者が入念に準備をし、奇策を用いるばかりの戦いが起きるのは本意ではない。

それ故に参加者にとっては戦い中に柔軟かつリスクを恐れぬ判断が強いられる。

「他の者たちは？」

「はい、左馬之助様たちは食事も簡単に済ませ、本日の試合結果を吟味しているようです」

「ふふ、四天寺の重鎮たちにはどう見えたかしら」

この朱音の言うところを正確に理解した明良は笑顔を見せた。

「はい、祐人君には相当、驚かれたようですね。私も死鳥との戦いを目の当たりにして何度も驚かせてもらいましたが、未だに祐人君の底が見えません。これには私も困惑すらしてしまいます」

「そう、じゃあ、祐人君が最後まで勝ち上がってきた時に祐人君の入家に異を唱える者は？」

「いないでしょう。むしろ皆、とても興味を持たれているようでした。また驚きましたのは、あの毅成様までもお心を動かしたように感じました」

明良の言葉にニッコリと笑う朱音は少々楽し気だ。

「ああ、毅ちゃんのはちょっと違うわ。懐かしさを感じただけでしょう」

「懐かしさ、ですか？」

「いえ、それはいいです」

「はい、ただ……」

「何かありましたか？」

「いえ、そういうわけではありませんが今回の参加者たちです。本日の試合で勝ち残った者たちは、どの者たちも相当な実力を持っていると思いました。さらに言えばどの方たちもまだ本気を見せていないように……」

「それで？　何が言いたいのです」

「いえ、何といいますか、私も心配に……」

「ふふふ、まるであなたは将来の主人と仰ぐ人間をすでに決めているようですね」

朱音にそう言われて、一瞬、狼狽した明良を見て朱音は嬉しそうに目じりを下げる。

「なんの心配もいりませんよ、明良。ええ、なんの心配も。そんなことではまたあなたは驚くことになるでしょう、あの祐人君に」

明良が顔を上げて朱音の横顔に視線を移す。

「祐人君が本気でいてくれている限り、どのような強敵がいても問題ないのです。そういう子なのよ、あの子は」

力強く、それでいて不思議な説得力を持つ朱音の言葉。

精霊の巫女である朱音には何が見えているのだろう、と明良は思ってしまう。

「ただもし、あの子を揺るがすことがあるのなら……」

「……ッ」

初めて朱音から祐人のことで不穏な言葉が紡がれ、明良に緊張が走った。

また、朱音がこのように人を評するのも珍しい。

朱音がこの上なく真剣な表情で明良を正視した。

「それは女よ」

「……は？」

「祐人君はね、すでに翼を広げて飛び立つ力も世界を見渡す力、そして周囲に影響を与える力を持っている。ただ本人がそれを活かそうとしていないところがあるのね。根っこのところが善良で無欲すぎるのよ。それは称賛に値する気質ではあるのだけど……」

「はい、それは私も感じます。彼は私から見ても才能豊かで……いえ、すでに能力者としての実力はとんでもないレベルに達していると思います。その実力だけを以てしても、もっと手に入る物があると思うのですが、彼はその点に無頓着すぎるところがあると」

「祐人君はね、強い力や高い立場で手に入るものに価値を置いていないのよ。それは祐人君自身の血となり肉となるレベルまで染みている感じだわ。あの若さでどうしてそこまで強固になったのかは私にも分かりません。ただ想像ですが、あの子が今までに培った経験がそうさせているのでしょう。一体、過去にどのようなところに身を置いていたのか、と思ってしまいます」

「はい、たしかに」

「だからなのよ。そんな祐人君を唯一、良くも悪くも揺るがすのは必ず女。女性が祐人君の今後の生き方や選択、そして決断に大きな影響を与えるわ。もちろん親友やライバルと呼べる男性も影響を与えるでしょうけど女性ほどではないの」

「はあ」

朱音は既に冷めたコーヒーを口に運ぶと明良の表情を見てニッコリと笑う。

「ふふふ、腹に落ちていないという感じね、明良。そういえば、あなたから浮いた話を聞いたことがありませんね。あなたもそろそろお相手を見つけたらどうかしら？」

「あ、いえ……」

「殿方同士はね、どんなに意気投合しようとも、目標を同じにしていても、その人生の糸は交わりません。同じ方向を向き、限りなくその糸が近づいたとしても交わることだけは絶対にないのです。その意味で殿方は常に独りなのだわ。ただ女性は違うのよ。その殿方と文字通り結ばれるの。その互いの人生の糸は交わり一本の糸になるのです。だからこんなにも女性は崇められたり、恐れられたりする一面を持つのです。もちろん、いろんな形で別れることもあるでしょう。その時はその時で一度、一本になった糸をまたそれぞれの糸に戻す作業が起きます。これは大変なことでお互いのその人生の糸は完全には結ばれる前の状態に戻りません。つまり、ここでも多大な影響をお互いに受けるのです。逆もしかりですが」

淡々と話を続ける朱音の言葉を明良は完全には噛み砕けなかったが頷く。

「だから、よく祐人君を見ていなければダメなのよ。あの子はね、本人が望むと望まざるとに関係なく女性を惹きつけていく男性に成長していくわ。すでにその片鱗も見せています。そしていつか祐人君の横にいる女性によって世界に影響を与えるほどの大物にもなり、今のままひっそりと終わることもあり得ます」

「では朱音様が祐人君を四天寺に招こうとされているのは、その将来性を買っているということでしょうか。瑞穂様のお相手として互いに相応しく好影響を与え合う。その上でこの四天寺を支える大きな存在になると考えられておられるのですね」

ここにきてようやく朱音の言うことを理解できたと安堵の表情を見せる明良。

また正直に言えば明良も完全な祐人推しの人間である。

朱音が祐人を高く評価しているのは大歓迎でもあった。

「は？　何を言っているのです、明良」

「え⁉」

「祐人君を四天寺に招こうとしているのは祐人君が可愛いからに決まっているじゃない。いいですか？　今、祐人君の首に鎖をつけていなければ余計な女の子が寄ってきてしまうでしょう。ただでさえ強力なライバルがいるのにこれ以上、増えてはかないません。瑞穂は不器用な上に真っ直ぐすぎるのです。これくらいしてあげなければいつまでたっても何も起こりません。本当は今夜にでも祐人君の部屋に押し掛けるくらいが丁度いいのに」

「は、はあ」

明良の引き攣った顔にはこう書いてある。

自分の娘に男の部屋へ押しかけろとはこれ如何に？

「本当にもう私も動かないとダメかしら？　あるいは母娘で行けば簡単に……」

「ゴホン、ゴホン！」

主人の悪魔的な奸計を聞かなかったことにする明良。

「いいですか、明良。あれだけの子はいないのです。あなたは今後も祐人君をよく見ておくのですよ?」

「承知いたしました」

何故かどっと疲れが出た明良であった。

第2章 大祭二日目へ

　明良は朱音のいるところから退出すると足早に左馬之助や早雲たちが集まっている部屋へ向かう。今、左馬之助たち、四天寺の重鎮たちは今回のトーナメント初戦の結果を吟味しているはずであった。

　明良はその重鎮たちが集まっている部屋に到着し入室すると左馬之助たちを始め、日紗枝や剣聖アルフレッド・アークライトまでがモニターの前で真剣な表情を見せていた。

「明良、どこに行っていたのだ」

「申し訳ありません、左馬之助様。先ほどまで朱音様のところに」

「そうか、朱音様は何か仰られていたか？」

「いえ、特には」

　一瞬、朱音との会話を思い出してしまうが何事もないように返事をする明良。

「それで初戦の結果について皆様はどう見られたのでしょうか。もし四天寺に招くことになった場合にご納得のいく人材はいましたか、左馬之助様」

「それだがな」

左馬之助が腕を組むと大峰家当主である早雲が苦笑い気味に割り込んできた。

「それがね、明良君。今回の勝者たちは、どれも想像以上だった、という結論では一致しました。まあ、こう言ってはなんですが朱音様が入家の大祭を開催すると突然、言い出した時は正直、大峰も神前もそこまでしなくとも、という気持ちもあったのです。それに瑞穂様のご感情も考慮すると、もう少し時間をかけてよいのでは、ということもありました」

早雲が左馬之助に視線を送ると左馬之助も自嘲気味に頷く。

ご感情とは三千院水重とのことを言っているのだろうことは明良もすぐに理解した。

「だが、それに引っ張られて我らも慎重になりすぎていたところがあった。長い歴史を持つ四天寺にとって後継者問題というのは早めに解消しておくべき最重要事項のはずだったが、三千院との破談もあって、我らは三千院に劣らない家柄の者を、となってしまっていた」

左馬之助は厳しい表情で腕を組んだ。

「三千院との破談の内幕を知らない外部の者につまらぬ噂をたてられんようにと、お嬢の相手には三千院に劣らない名家にこだわり、かつ人柄も重視した。だがそのためにお嬢の相手として、四天寺の名を受けるものとして、実力の釣り合わぬ者ばかりになってしまっていたのだ。まさに本末転倒なことをしてしまっていた。それを教えられたわ、この入家の大祭でな」

「それは？」

「四天寺が四天寺たる理由よ。四天寺が求めるは力だ。家柄などではない。力こそが四天寺の源だ。そして、それと同じくらい重要なのは四天寺家の持つ歴史の重さを知る者が相応しい。入家の大祭は四天寺の大前提である、その力を試すものだった。朱音様は愚かな我らにそのことを再認識させようとしたのかもしれんな」

「まったくです」

左馬之助も早雲も朱音の深い思慮に感謝し、また深い反省をするように目を瞑った。

明良は四天寺を支える大峰、神前の二人の当主の様子を見るに額から汗が流れる。

（ああ……これは何と素晴らしい勘違い）

明良はチラッと日紗枝や剣聖に視線を移すと二人はスッと目を逸らした。

どうやらこの二人は朱音の真意を知っているということが分かる。

「で、では初戦の勝者たちをどう見られたのですか。四天寺に相応しい者たちでしょうか」

「うむ、今それを吟味していたところだ。今回、勝ち上がってきた者たちはこの者たちだ」

左馬之助が簡単に纏めさせた勝者の資料を明良に渡した。

第1試合　三千院水重
第2試合　ダグラス・ガンズ
第3試合　ジュリアン・ナイト
第4試合　虎狼
第5試合　ヴィクトル・バクラチオン
第6試合　天道司
第7試合　てんちゃん
第8試合　堂杜祐人

「どの者も想像以上の実力者だった。よくもこのような者たちが集まったものだ」

　左馬之助の感想に頷く早雲。

「はい、中には機関にも所属せず無名に等しい者も数名います。このような実力者が在野にいるとは、と気を引き締めなければいけないとまで思いましたよ。これも入家の大祭ならではのものなのでしょう。ただこの者たちがどこまで実力を披露しているかまでは分かりません。それ故に警備にも一層の警戒を指示しておきました」

　早雲の言いように明良を始め、日紗枝も眉を動かす。

　その態度の変化を見て早雲は隙のない笑みを漏らした。

「当然でしょう。これだけの実力者たちを四天寺の懐に招いているんです。我らはいつだって不測の事態に対応しておく準備は必要でしょう。残念ながら四天寺を良く思わない者たちは多数いるでしょうからね」

「その通りだ。その辺は早雲に任せておくぞ」

「はい、承知しました。左馬之助様」

こういった冷静さと冷徹さを忘れない、大峰、神前の当主たちに明良は舌を巻いた。

朱音の作り話は聞いていたがあり得ない話ではないのだ。

明良もそのように思い今回の運営にも気を使っていたつもりだが、この二人の持つ普段からの高い緊張感に学ぶものがある。

これが四天寺の両翼を担うということなのだと。

「一通り試合を見ましたが、せっかくですので剣聖にもご意見を聞きたいですね。気になる方はいましたか」

早雲が剣聖に促すと日紗枝は微妙な表情になったが、何も言わずに大きく息を吐いた。

その反応を見つつ剣聖も苦笑いするが早雲に真剣な顔を向ける。

「そうですね、私が四天寺の神事に意見を言える立場ではないですが、あくまでも個人的な意見ということであればお答えします」

「それで結構ですよ、剣聖」

「はい、では。まずはどの参加者も高い能力を持っていると見受けられました。ただその中でも私が〝気になる〟という意味で言えば……二人ですかね」

「ほう、それは？」

左馬之助はこの優秀で粒ぞろいの参加者の中からすでに剣聖が二人に絞っていることに目を細める。

「一人は三千院水重」

「……む」

同じ精霊使いである日紗枝たちもそれは考えていた。

かつて三千院は『東の四天寺、西の三千院』と言われた精霊使いの名家ではあったが今では実績、力において四天寺家に大きく水をあけられていた。

しかしその三千院家に今代の精霊の巫女、朱音をして「鬼才」と評された水重が現れた。

今日見せつけたその才気は四天寺の重鎮たちを黙らせるほどのものである。

それは四天寺家に生まれた天才、四天寺瑞穂と比肩してもそれに劣るものではなかった。

「やはり、と言うべきか。いや、これほどまでのレベルに達していたのか、と言うべきか」

世界能力者機関日本支部の支部長であり、自身もランクSである日紗枝もあの時の水重の精霊との感応力に驚いていた。

それは今まで出会った精霊使いたちとは違う、異質さを感じとっていたのだ。

（精霊とは世界そのものであり共にあるもの、と四天寺では教えられる。だから四天寺では精霊を敬い、恐れ、その願いを託す。それはこの世界を象る精霊との付き合い方だわ）

それに比べ、水重のそれは精霊を支配し、使役するようであり、まるで精霊たちが上位者たる水重の命令を忠実に守っているようであった。

精霊使いといえども色々な精霊使いの家系があり、その精霊との関わり方はそれぞれだ。

それは日紗枝も分かっている。

（ただ三千院水重のそれは他の精霊使いと一線を画すもののように感じた。正直、四天寺の精霊使いとしてはあまり良い感情を覚えないものだったわ。その意味で瑞穂ちゃんとのお見合いを取りやめた左馬之助様の判断は英断とさえ思える）

「私より同じ精霊使いの皆さまの方が感じるところが多いとは思いますが……彼は私の知る精霊使いたちと比べて何といいましょうか、立ち位置が違うように見受けられました」

「ほう」

「アル、それはどういう意味？」

日紗枝たちは剣聖の言いように興味をそそられる。精霊使いではないからこその見方が剣聖にあるのかもしれないと思うのだ。

「彼の術の発動の際に感じたものですが、そうだね、たとえば日紗枝、君が術を発動する前には精霊との感応、現象の組み立て、そして精霊への意思伝達といった段取りを踏んでいるように思うのだがどうだい？」

「そうね、それはもっと感覚的なものではあるけど、さほど間違いはないと思うわ」

長い付き合いの精霊使いである日紗枝の返答に剣聖は頷く。

「そこで彼のものですが、この段取りがないと言いますか、感応から先が見えませんでした。いえ、精霊のことをそこまで理解をしていない私が言うのもおかしな話ですが」

「……!?　アル、それは」

日紗枝は驚き、左馬之助や早雲も眉間に力を込めた。

「ふむ、面白いことを言うの、剣聖」

「ええ、もし剣聖の言うことが私たちの理解通りであればそれは……毅成様や朱音様の領域に足を踏み入れていることになりますね」

「いいえ、的外れかもしれません、なにしろあれしか見ていませんので。ですが彼には他の精霊使いとは違うものを感じます。その力も力の扱い方も」

「では聞くが剣聖の見立てでは、あの三千院のこせがれの実力は日紗枝よりも上かね？」

日紗枝は目を見開いた。後ろに控えている明良もさすがに驚きを隠さない。

この問いは世界能力者機関における最高戦力の一角であるランクSにして日本支部支部長の自分よりも実力は上かと聞いているのだ。

本来、比較するのも失礼な話だが左馬之助ならば聞くことができ、剣聖ならばそれに答えることもできる。

その左馬之助の表情は真剣であり剣聖に問いかけるというよりは、まるで事実を確認してきているようでもあった。

「今の……日紗枝と比較するならば私は彼の方が上だと考えます。いえ、私が彼を相手にするならばそのように扱うでしょう」

「剣聖の言、よく覚えておこう」

日紗枝は黙っている。だがそれは比べられて悔しいということではない。むしろ冷静に水重の実力について考えさせられる。

この世界ではこのようなことは多々あることで気にすることでもない。それよりもそれほどの実力者に育った三千院の嫡男が機関に興味を持っていないことの方が日紗枝にとって大きな問題なのだ。

水重という存在は当然知っていた。

その才能や実力もあの朱音が高く評価していたことも聞いていた。

だが水重は外界に興味を持たず、三千院家からも見放され、現状では噂ばかりが先行した変わり者という扱いだった。

ところが今日見せた水重の実力はそれらをすべて吹き飛ばし、四天寺家の重鎮と剣聖をして機関の定めるランクSの自分にも劣らないと言わしめた。

それは日紗枝にとって注目と注視をすべき存在としてインプットされた。

「それしても何故、今回の大祭に参加してきたのかも分からぬ。参加者の中に三千院の名を見た時はわしも目を疑ったものだ」

「はい、私もその時は以前の瑞穂様との破談になった縁談について何か思うところがあるのかもしれないと心配をしました。感情的になって暴れにきたのかと」

「お父様……」

過去の瑞穂と水重の縁談の経緯については日紗枝も知っていたので眉をハの字にした。

それは瑞穂が男嫌いになった最初の原因ともいえるものだったからだ。

「いや、早雲、日紗枝、それはないな」

左馬之助はそれについてきっぱりと否定する。

「縁談を断ったのはわしだ。それでわしは三千院家に赴きそれを伝え、また誠意を見せるためにも直接、水重にも面会をした。もちろん詫びも含めてな」

左馬之助は当時を思い出すように視線を上方に向けた。


水重と瑞穂の破談を決めた後、左馬之助は三千院家に足を運び、当主である頼重に事情を話した。嫌味の一つでも言われるかと覚悟していたがそういうことはなく、むしろ頼重はこの件を予見しているかのようにも見えた。

左馬之助は水重にも直接お伝えしたいと言うと頼重が水重を客間に呼ぶようにと使用人に申しつけた。

ところがいつになっても水重は姿を現さない。

当主の頼重も困り果てた表情でため息を漏らすのを見て、

「今回の件は四天寺の都合です。わたくしが本人のところに伺いましょう」

と左馬之助は丁重に言い、水重の私室にまで足を運んだ。

水重の私室に案内されると意外なことに水重は途中の縁側に座り、中庭を眺めていた。

左馬之助は一瞬、男でありながらもその美しい横顔に息を飲み、庭園と一体となったかのような情景はこの世のものとは思えぬほどの優雅さがあった。

水重は左馬之助が姿を現していることに気づいているはずだが、気にもとめていない。

目上の左馬之助に対して礼を失した態度ではあったが左馬之助は何も言わず、まだ少年の水重の横に腰を下ろした。

左馬之助は水重に今回の縁談の件を説明する。

聞いているのか、聞いていないのかも分からぬ水重にはるかに年上の左馬之助が、最後に頭を下げると、ようやく水重は顔を左馬之助に向けた。

「では、そのように」

眉一つ動かさない水重の表情は穏やかである。

（む……）

この時、さすがの左馬之助もこの少年の異質さを強く感じ取ってしまう。

この少年の傲慢な態度にということでない。

この少年の目には誰も映っていないのだ。

「お気になさらずに。この度の縁談はこの水重に必要がなかったということでしょう」

どのようなことも、どのような者も、この少年にとって気にとめるほどのものはないと突きつけられたような感覚を覚えた。

「およそすべて、目の前の事象は必要がなければ追うこともなく流れていくもの。それは誰にとっても当たり前のことではないですか」

「ふむ……では、必要になったらどうします」

水重は左馬之助の問いを聞くと、クスッと僅かに笑みを見せる。

「それは私にですか？」

「そうです」

「私に必要なものですか……そうですね、そうなれば動くこともあるでしょう」

水重はそれ以上何も語らなくなり、ただ中庭の方へ顔を向けたので左馬之助は水重を残し立ち上がり三千院家をあとにした。

「前にも言ったが、あの者にとってそれは些事にすぎん。むしろ、そのような心を持ち合わせていれば縁談も成立したかもしれん。今回の戦いぶりを見て、その実力には驚いたが本質はあの頃と何も変わっていないことは分かった。あの者は何物にも心を動かさん。生来の性格か天才故の孤独か、もしくは我々とは違う何かを見ているのかは分からぬが」

左馬之助は眉を寄せ目を落とす。

「何にせよ、余人には分からぬものを持っているのだろう。大祭を開いておいて何だが、できれば、あの者を四天寺に招きたくはないものだ。お嬢のことを想うと尚更な。おっと、これは失言だったな、忘れてくれ」

皆、左馬之助の言わんとするところが分かり頷く。

「しかし、そうなりますと余計に知りたいですね。何故、この大祭に参加をしてきたのでしょう。彼の目は一体、どこへ向けられているのでしょうか」

早雲のその言葉はここにいる全員の代弁でもあった。

特に瑞穂を気遣う心が強い明良や日紗枝にとって水重の存在や今回の行動は得体が知れない。これだけの実力を持ち、聞けば実家である三千院家や親兄弟にすら心を動かさない人間が一体、四天寺家に何を求めてきたのか。

「それは正直、わしにも分からん。だがもう大祭は始まっておるのだ。あとは結果を見守るしかない。こうして我々が試合を吟味しているのも人選をしているわけではない。それは大祭が決める。しているのはこの四天寺に仇をなす意図があるかどうかを監視、もしくはそうなったときの対処方法を備えておくことなのだからな。まあ、そういう意図があるのなら、奥の手は見せんかもしれんが力の系統は分かる」

沈黙が漂うなか、早雲は思い出したかのようにアルフレッドに顔を向けた。

「そういえば剣聖、もう一人は誰でしょうか。気になると言うのは」

「はい、その前に全体としての話ですが、先ほども名前が挙がっていましたダグラス・ガンズ、ジュリアン・ナイト、そして、ヴィクトル・バクラチオンなどは相当な実力者だと分かります。それにまだまだ手の内すべてを見せていないとも思わせました」

「うむ、では剣聖が気になるのはその中の」

「いえ、堂杜祐人ですね」

「むう」

剣聖の挙げた名に左馬之助と早雲は思わず唸る。

日紗枝も驚くような顔をしたが、それぞれがすぐに考え込むような態度になった。

明良は驚くこともなくニッコリと笑みを見せる。

「堂杜祐人ですか。いや、堂杜祐人ですね」

早雲が独り言のようにつぶやく。

別に剣聖がどの能力者を挙げても不思議はなかった。

それほど、どの能力者にも光るものがあったのだ。

だが剣聖が堂杜祐人と言った途端に左馬之助たちも思うところが出てくる。

祐人の見せたその戦いは祐人の圧勝、瞬殺である。それは誰が見たとしても祐人の優秀性はすぐに分かるだろう。

だが、それだけではないのだ。

そのわずかな時間の戦いの中に経験豊かな左馬之助、早雲には感じるものがある。

祐人の事前情報を持っている日紗枝でも同様だった。

それは言葉にするには難しい。

同じく圧勝し、底知れないものを感じさせたのは三千院水重だ。

観客にまで言葉を失わせたのも三千院水重。

しかし祐人のものはそれと質が違う。

百戦錬磨の人間が持つ勘といえばそれまでだが、祐人の見せた戦闘からその結果までを自然のものと頭のどこかで納得してしまっているのだ。

まるで堂杜祐人とあと百回戦っても、あらゆる堂杜祐人対策を講じたとしても、同じ内容になると思ってしまう……それを当然のものとすら考える自分がいる。

この少年を見るのは左馬之助たちは初めてなのにもかかわらずだ。

「お嬢と共に闇夜之豹を叩いたという実力は嘘ではないようだ。いや、この少年が主力だったと言われても今なら納得できるな。一体、何者なのだ、この少年は。堂杜などという家も聞いたことがない。当初から朱音様の気に入り様も普通ではなかったが、今となっては、さすがは朱音様と言うべきだ」

「この少年は機関所属だね。ランクはDだと記載されているが日紗枝は知っていたのかい？」

「おい、日紗枝、これでランクDなわけがないぞ。どういうことだ」

「はい、私も左馬之助様の仰る通りだと思っています。ただ堂杜祐人君の名を聞くようになったのは最近なんです。機関もこの少年を測りかねているのが実情です。それも彼の残した実績があまりに大きいので私たちも戸惑っていました」

「ランクDということにも驚いたが、これだけの能力者が無名だとは信じられん」

「気に入りましたか？」

「何だ、嬉しそうだな、明良」

「いえ、でもそうですね。ようやく彼が正当に評価されたことは正直、嬉しいです。私は彼に数度、命を助けられていますので。私にとっては恩人でもありますから」

「何⁉　それは本当か！」

「はい、本当です。彼は孫の命の恩人でもあるんです、お爺様」

「そんなことを笑って話すな！　それとお爺様も……まあ、ここではいいか。しかし、これは優良株だな。これだけの実力があってお嬢と同い年。なによりも能力者の名家にあるような面倒な系譜もないとは」

「はい、しかも瑞穂様もまんざらでもない様子です」

「ちょっと、明良君！」

「ですが日紗枝さん、事実ですよ。しかも朱音様の一押しです」

「むむむ、それなら、そう言ってくれれば、このような大祭を開かずとも……」

「それはですね、お爺様の頭が固いからですよ。こうでもしなければ分からないでしょう」

「何だと！　実力を示すだけなら、こんな回りくどいことをせずとも、うちの者と手合わせさせれば良いではないか！」

「それには色々と事情があるんです。まずは祐人君に結婚の意思はないので」

「……は？　では何故、参加してきたのだ」

この左馬之助の質問に待っていました！　という表情を明良は見せた。

その内幕を知る日紗枝は乾いた笑みを見せ、剣聖は素知らぬ顔でお茶に手を出す。

「分かりました。ではこの経緯を説明しましょう」

明良がこの大祭の開催の経緯を説明しだすと左馬之助の顔が歪み、唖然とすると最後には脱力した。

早雲は思わず笑ってしまう。

この話し合いの後、祐人は四天寺家の人間たちに陰で「婿殿」と呼ばれるようになったりするのだった。

部屋をあとにすると剣聖は頭が痛そうにしている日紗枝と楽し気にしている明良に深刻そうな顔で話しかけた。

「日紗枝、明良君、ちょっと伝えておくことがあるんだが」

「うん？　何よ、アル。今、ちょっと疲れてるんだけど」

「さっき言うのを忘れたんだが、参加者の中にとんでもないのが混じっている」

「え⁉」

「剣聖、それは……」

「あれは多分、いや間違いなく……仙人がいる」

「「は――ん⁉」」

二人は跳び上がって驚く。

「それも堂杜祐人君の次の対戦者だよ」

思考回路が硬直した明良と日紗枝だった。

◆

「良かったのですか？　あなた、わざと負けたでしょう。勝手に試合を投げ出してボスになんて言うんですか。あなたが自分で確かめるってきかないから、ボスも仕方なく認めたというのに」

四天寺の重鎮たちと明良たちが話し合いをしている同時刻、大祭参加者にあてがわれた屋敷の近くの一角で二人の男が照明を避けるように立ち話をしている。

一人の男は暗闇の中でもしなやかに鍛えられた体が分かり、もう一人の男は抑揚のない丁寧な口調で腕を組んでいた。

「ああ、対戦の巡りが悪かったしな、あのまま堂杜と対戦するためには決勝戦にまで駒を進めなければならなかった。ちょっと力を試そうとするのに、それじゃあ目立ち過ぎだろ」

「だったら別に参加しなくても良かったでしょうに。一緒に参加させられた私が馬鹿みたいですよ」

「それはお前に任せる。お前のところなら次の次に戦えるだろう？　あいつが勝ち上がってきたとしたらだけどな」

「冗談でしょう、私も次で離脱します。何の益もないのに【歩く要塞】と戦うなんて嫌ですよ、私は。それにトーナメント初戦の映像はあなたも見たのでしょう？　あの堂杜という人物は私から見てもボスが気に掛けるのに十分な資質を持っているのはよく分かりましたよ」

「フン、まだ分からん」

「まったく、素直じゃないですね」

丁寧な口調の男が小さくため息をする。

「私たちはこの後、ボスと共に出立しなければなりません。それは危険な戦いが待っているのです。ですが重要な戦いです。私たちにとっても世界にとっても。その前にこのような祭りで怪我などしたくはありません」

「分かっている。だから、その仲間にするのに信用のおける奴か見たかっただけだ」

「ならいいですが」

「それとな、俺が試合を降りた理由は対戦の巡り合わせの悪さだけじゃない」

「……どういうことです？」

「ヤバかったんだよ、俺の相手が」

「ほう、それはあのでたらめな剣士がですか？　たしかにあの奇妙な鞘から解放したあとは驚きましたが正直に言えば、あなたが負けるような相手には見えませんでしたが」

「いや、あれはまだ本来の力を出していない。あの野郎が力を出すと感じたとき、俺はヤバいと思って負けることにしたんだ」

「ふむ、あなたがそんなことを言うなんてそんなに凄いのですか、あの剣は」

「ああ、ヤバい。ヤバいなんてもんじゃない。俺はボスの持つ剣と近いもんを感じた。もちろん別物だが、なんというか雰囲気というか」

「何と!? 本当ですか！」

「それと、あの野郎から感じた殺気……一瞬だったが、あれはあんなガキが放つものじゃあない。俺はそれに狂気じみた、まともな人間が放つものではないと感じた。剣だけじゃない、あいつ自身も何か隠していやがる」

「だから退散したのですか。あなたがそう感じたのなら一応、ボスにも報告してきましょう。この家はボスにも縁があるようですし」

その後、短い会話を交わすと二人はその場から離れていった。

第3章　次戦対策

「「「……（ジー）」」」

「ちょっと、さっきから何なのよ！」

瑞穂は茉莉、マリオン、ニイナのおかしな態度についにしびれを切らした。

「何でもないわ」

「いえ」

「別に」

「何でもないわけないでしょう、さっきから！　ちょっと静香さん、何なのこれは」

「あはは……」

瑞穂は三人の態度の理由が分からずやきもきする。

トーナメント初戦が終わり、二回戦に進出してきた参加者のそれぞれの特徴を一緒に分析しようと皆で決めていたのだ。それを祐人に伝え、祐人の今後の対戦に少しでも有利な情報や対策が立てられればと考えたものである。

瑞穂も当然、自分なりの分析をして仲間の部屋にお忍びで来たのだが、茉莉、マリオン、ニイナの様子がおかしいのだ。

するとその三人が小さな円陣を組み互いの頭をくっつけながらコソコソと話し合いを始めた。

〝どうします？　瑞穂さんは朱音さんに取り込まれている可能性はないんですか？〟

〝ニイナさん、その可能性は低いと思うわ。瑞穂さんのまっすぐな性格を最も知っているのはむしろ朱音さんよ〟

〝はい、私もそう思います。瑞穂さんはだまし討ちができる性格ではありません。もし朱音さんに何か吹き込まれていたとしても嘘のつけない瑞穂さんはすぐに顔に出ますし〟

「「「……（ジー）」」」

「な、何よ」

突然、顔を上げた三人に見つめられて若干、引いてしまう瑞穂。

その様子を見て三人の表情が和らいだ。

「いえ、すみません。では早速、対戦相手の分析をしましょう！　祐人さんには勝ち上がってもらって最後に瑞穂さんに負けてもらうために！」

ニイナが何事もなかったように仕切りだす。

「ちょっと、その前にさっきのは何だった……」

「そうね、始めるわよ。最後に瑞穂さんが祐人に勝つ作戦のために！」

「はい！　祐人さんが瑞穂さんに負ける作戦のために！」

「だからそのために集まったんじゃない。一体、何なのよ……」

顔を引き攣らせる瑞穂に静香が瑞穂の肩に手をかける

「ははは、実はねぇ、朱音さんは……」

「「「ダメ――――!!」」」

三人は猫のような瞬発力で静香に飛びついてその口を押さえる。

〝ちょっと、静香！　瑞穂さんが変に意識しだしたらどうすんのよ！〟

〝そうです！　気が変わったら厄介です〟

〝照れだすと瑞穂さんはすごく可愛くなるんです！　やめてください！〟

三人の少女に襲われて「ムー！　ムー！」とジタバタしている静香。

そこに部屋の襖が開き、一悟が携帯を片手に部屋に入ってくると訳の分からない状況を目の当たりにして呆れた表情を見せた。

「何をやってんだ？　こりゃ」

「私が知りたいわよ」

瑞穂が力なく答えた。

茉莉や一悟たちは畳の上に座りながらニイナの作った資料に目を通した。

そこにはトーナメント初戦の勝者の名前とその勝ち上がり方が記載されている。この短い時間でよくここまでのものを用意したと全員が感心した。

「素人の私の視点で書かれているので能力者の考察や考えを乗せて欲しいんです。あ、袴田さんや静香さんも積極的に意見を出してくださいね。二人の切り口も重要な気づきに繋がることもあると思うので。やはり話し合うべきは祐人さんの次戦の〝てんちゃん〟という人物についてですね。能力者としてどう見ますか？　マリオンさん、瑞穂さん」

ニイナに問われたマリオンと瑞穂は互いに目を合わせるとマリオンが頷いて前を向いた。

「事前情報でもお話したのですが、このてんちゃんという人の対戦相手だった英雄さんという方は私たちもよく知っている人物なんです。機関でいう私たちの同期に当たる人で、その実力は私たちと同じランクAを受けた人です」

「ああ、そういえば言ってたね。性格はアレだけど実力は間違いないとかなんとか」

「祐人もかなり苦手そうにしてた奴か。でも負けちゃったんだよな。あれ？　強いんじゃなかったっけ？」

「はい、正直言いますとこのてんちゃんという方が勝ち上がってくるとは私も予想外でした。英雄さんは能力者たちの間でも有名な家系です。特にその黄家に伝わる固有伝承能力はとても恐れられたものでもあったからです」

「うわあ、そうだったのかぁ。でもたしか勝負は一瞬でついてたよな。速すぎて俺にはよく分からんかったけど。うん？　待って。ということは、このてんちゃんっていう変なマスクしていた奴は」

「はい、恐ろしく強いと思います」

「マジか。そうなの？　四天寺さん。相性が良かったとかもあるんじゃねーの？」

「そうね、それも能力者同士の戦いにおいてはよくあることだわ。でもランクAの能力者に勝つというのは相性が良いだけでは無理よ。本人もそれに近い実力がない限り」

「むむう」

静香は資料に添付されているてんちゃんの写真をこれでもかと睨んでいる。

「どうした？　水戸さん」

「この資料に書いてある通りこのてんちゃんっていう人、こんなに強いのに無名なんだよね？　マリオンさん」

「そうですね。機関にも所属していないみたいですし私も聞いたことがありません」

「はっはーん、怪しいねぇ」

「何が？　何か引っかかるのか？」

「この人がマスクしているところがよ。こんなところに参戦してきてマスクをしてくるなんておかしい。謎のキャラでそれでいて強い……ふむふむ、そういう時は大体、実は敵に寝返った身内か、過去に倒された仲間だったりするのが定番」

「それアニメとか、プロレスとかの知識だろうが！」

全員、ガクッと力が抜ける。

「まあ、何はともあれ、すげー強いってのは確かか。それで大事なのはこいつが祐人より強そうか？　というところか。正直、俺には分からんなぁ。どうなの四天寺さん」

「正直に言うと私にも分からない……いえ、本当に分からないの。というのも、この人の勝ち方だけど、まったくどうやって勝ったのかが分からないのよ」

「実は私もです。二人が最初に接触した時、てんちゃんという方はスキルの発動も見えませんでした。他の試合の人たちにも驚くほど強い方たちがいましたが能力の発動の形跡は見てとれました。なのにこの人はそれも無しでしかも、あの映像からは英雄さんの動きが捉えられないほどのスピードだったのに無傷だったんです。それはつまりこの人は躱したんです。それで最後は手刀で軽く英雄さんの後頭部を叩いたかと思ったら試合は終わってました」

「おいおい！　相当ヤベー奴じゃないのか？　しかも対策も何も立てられんレベルの相手ってことかよ！　どうすんだよ、これ。結局、祐人任せになっちまうぞ」

「たしかに困りましたね。頼みのマリオンさんと瑞穂さんがここまで分からないとなると……茉莉さん？」

ニイナもこれ以上、どう話を進めたものかと困り果てたところ、茉莉が真剣な表情で顎に手を当てて写真を見つめているのが目に入った。

「茉莉さん、何か考えがあるのですか？」

「え!?　あ、そういうわけではないのだけど、この人、何と言えばいいのか……どこかで会ったことがあるような……」

「え——!?　それって水戸さんの考えが当たってるってことか？」

この茉莉の発言に皆、目を見開く。

「この目……この目を知っているような、経験があるような。うーん、この感覚というか悪寒というか、どこかしら？　最近じゃないのよね」

皆、茉莉の様子を見守っていると一悟の携帯に着信が入った。

「あ、祐人だ！　ちょっと待ってくれ」

一悟はすぐに携帯に出る。

「もしもし、祐人、ちょうど良かった、今な……え？　頼み？　うんうん……今から？　何でだよ、わけが分かんねーぞ。え？　みんないるよ。うん……あ——、分かった、分かった」

一悟は立ち上がり、全員の顔を見渡すと顔の前で片手で拝むように手のひらを立てて襖の外に出て行った。

互いに目を合わせる茉莉たちは首を傾げるが襖の外から一悟の声が断片的に聞こえてくるためその内容が気になって仕方がない。

「うんうん…………は？　あ——ん⁉」

一悟の大声に全員、驚く。

「マジか！　ア、アホすぎる。祐人、これはみんなで対処した方がいいぞ。あん？　馬鹿野郎、身内の恥とか言っている場合か！　泣いても駄目だ！　それよりこっちに来れねーのか？　その話を直接みんなに……え？　見張ってないといけない？　何をだよ……あー、分かった。また連絡する」

ほとんど最後の方は丸聞こえだったが一悟が部屋に戻ってきた。

一悟は無言で座り、全員を見渡す。

皆、これから何を言うのかさっぱり分からず、少々苛立ちの見える一悟を凝視した。

「祐人からの電話の内容を説明するわ」

ゴクッと唾を飲む、ニイナたち。

「まず祐人が言うにこのてんちゃんと正面から戦えばまず勝てない、だと」

「「「「……!?」」」」

思いがけない内容にそこにいる女性陣に戦慄が走った。

特に瑞穂やマリオンは愕然としてしまう。

何故なら、二人ほど祐人の実力を知っている者はいない。

そして、数々の未曽有の困難を祐人が打ち砕いてきたのをその目で見てきたのだ。

その祐人が戦う前から、勝てない、と言う。とてもではないがすぐには信じることなどできない内容だったのだ。

「それで、俺たちに頼みがあるとのことだ」

深刻な表情をしている全員を前にすでに面倒くさそうに話す一悟。

「あ——、とりあえず、白澤さん」

「え!?　私？」

「ああ、白澤さんは今から俺と出かける」

「どこに⁉　今から？」

「祐人の実家の道場に」

「「「え――――⁉」」」

「そ、それは袴田さん、どういうことなんですか？」

「あ――、ニイナさん待って、今から順に説明するから」

すると一悟から語られる内容にまずは跳び上がるほど驚き、その後、全員がワナワナとすると、脱力し……それぞれがそれぞれの方向を向き、頭を押さえる。

「それでぇ～、祐人からみんなへの頼みだけど」

一悟は大きくため息をする。

「お願いだから、内緒にしてください！　だとさ」

「「「……」」」

なんだか、すべてがどうでもよくなってきたかのような雰囲気が部屋に充満している。

「祐人さんの身内ですか」

「仙道使いって……本当に」

「仙道使いの家系ってあるんですか？」

「すごいお爺ちゃんだね……お盛んな」

　ここでハッとするように茉莉は漏らす。

「お、思い出した……この悪寒のするいやらしい目、師範だったのね。高校に入学するくらいから感じだしたやつだわ。そういえば祐人のことを考えれば師範も能力者だったのは当たり前よね。気にもとめてなかったわ」

　祐人のプライベートな情報が入ってきたことを嬉しいと思う部分もあるのだが、その数百倍知りたくもなかったと思う、瑞穂、マリオン、ニイナ、茉莉。

「あはは、面白いなあ、堂杜家って。それで袴田君、堂杜君は何でここに来られないって？」

「それ……聞きたいか？　水戸さん」

「え？？」

「なんでも参加者のお付きにいる女性の風呂を覗く可能性があるから、祐人が見張ってるんだとさ」

　全員、畳の上に手をついた。

　――その頃

　祐人は参加者にあてがわれた屋敷の外で周囲に目を配っている。

「あああ、恥ずかしい！　恥ずかしいよ！　みんなどう思ってるんだろう。それにしても、孫にこんな思いをさせるなんて、あんのジジイィィィ！」

「お兄さーん、どうかしたぁ？　大きな声が聞こえたけどぉ」

祐人の背後にある湯気で曇った小さな窓から秋華の声が聞こえてくる。

「あ、ごめん！　何でもないよ！」

すると小窓が開き、湯煙の中から上気した秋華が肩から上まで見えるように顔を出した。

「いい――――！　ちょっと、秋華さん！」

「ふふふ、ごめんねー、お兄さん、見張りなんてお願いして」

「うん、これぐらいいいから！　窓を閉めなって！」

あたふたする祐人の姿に吹き出してしまう秋華。

「あはは、お兄さん可愛いねぇ。琴音ちゃんも見てごらん。このお兄さんの慌てよう！」

「ちょっと、秋華さん、やめてください！」

「いいじゃない、お兄さんが見張ってくれてるんだから、ほら」

すると軽い悲鳴をあげた琴音が顔を少しだけ見せる。

「あ、あの……ありがとうございます。堂杜さん」

「あ！　いいから、ほら、はやく閉めて！　風邪ひいちゃうよ」

「ね、面白いでしょう？　夏なのに風邪なんてひかないよねぇ、琴音ちゃん」

琴音は秋華に誘われて一緒に入浴することになったのだそうだ。

秋華から覗かれないためにいい案があると言われて、半ば強引に連れてこられたのではあったが。

窓が閉められてホッとするように胸を撫でおろす祐人。

まさか、犯人が身内だとは口が裂けても言えない。

見張りを秋華に頼まれた時も、秋華が怯えるように体を震わせて「怖くてお風呂に入れないの……」とお願いされ、深い罪悪感を感じた祐人はこれを引き受けることになったのだ。

祐人は周囲を飛ぶ蚊を煩わしそうに追い払う。

「ジジイ……堂杜の恥さらしめぇ！」

そう言うと祐人は蚊を一匹、叩き落とした。

第4章　参加者の闇

琴音は今、足早に水重の部屋に向かっていた。

(秋華さんのところに長居してしまいました。秋華さん、強引なんですもの)

先ほどまで秋華の部屋におり、秋華がとりとめもない話をしてくるために帰るタイミングを掴めず、琴音には珍しく長話に時間を取られてしまった。

(今日はお兄様とあまりお話ができていません)

そもそも一緒にいたとしても大した会話にならないのは分かっている琴音だが、それでも兄の近くにいるのが当然と思っている。

いや、兄を見ていたいのだ。

あまりに高い上空を飛ぶが故に誰にも知覚されず、理解されない兄。

そして唯一、それに気づいているのは自分。

兄にとって自分が取るに足らない存在であったとしても、せめて自分だけは兄の傍にいなくてはと思う。

ところが水重の試合が終わり、兄の勝利をいち早く称賛するつもりだったのだが、そこに秋華が一緒に夕食を、と誘いに来たのだ。

もちろん琴音は断ろうとしたが、水重に「行ってきなさい」と言われ、間髪入れずに秋華に手を引っ張られるように連れていかれてしまった。

兄のいるところに急いでいる琴音は今、心が少々弾んでいた。

今まで同世代の女の子と話す機会がなかったために知らなかったが秋華との時間は正直、楽しかったのだ。

だから琴音は兄にこのことを伝えてみたいと思っていた。

秋華と交わした会話の内容を水重に話してみたい。

それでもし水重が少しでも柔らかい表情を見せてくれたら……そう思うと別の意味でも帰る足が速まってしまう。

（え……？）

兄の部屋の近くまで来ると琴音は眉を顰めて足を止める。

兄の部屋から退出していく人物を見つけたからだ。

その人物は退出の際に屈託のない笑顔をして部屋の中に顔を向けている。

「じゃあ、また返答を聞かせて欲しいな。いい返事を貰えると嬉しいよ、水重さん」

そう言うとその人物は水重の部屋のドアを閉め、こちらに向かい歩いてくる。

(この人……たしか参加者の)

見覚えのあるその少年と琴音は目が合う。

一瞬、警戒してしまう琴音に対し、その少年は笑顔を見せた。

「やあ、琴音ちゃん、だったっけ?」

「あ、はい。あなたは?」

「ジュリアン・ナイトだよ、この大祭参加者の。覚えてない? ラウンジでもお話ししたじゃない」

「いえ、覚えています。それで……兄に何か用でも?」

「いや、大した用じゃないよ。同じ参加者のお兄さんと話がしたくて、ちょっとお邪魔しただけさ。でももう話は済んだから、じゃあね」

ジュリアンは軽く手を上げ、にこやかに琴音の横を通りすぎていった。

琴音はしばしジュリアンの背中を見つめると水重の部屋のドアをノックした。

中から「どうぞ」という声が聞こえ、琴音が中に入ると水重は窓際に立ち外を眺めている。

「お兄様、遅くなりまして申し訳ありません。あの、今の方は?」

「ああ、客人が来ていた」

言葉少なめに答える水重はこちらに顔すら向けてはこない。

重苦しい空気が流れ出すが琴音はどうしても気になり口を開く。

実家にいる時も水重に客人などとは聞いたことはない。また、水重に個人的な付き合いをしている人間も知らないのだ。

「一体、どのような用件で来られたのですか？　あの方はたしかこの大祭参加者で初戦も突破された方だったと記憶していますが」

「大した話ではないよ」

「そうですか」

水重らしい回答。

きっとこの兄にとってはすべてが大した話ではないのだろう。

もちろん自分も、そして兄に伝えてみようと思った秋華と盛り上がった話なんてきっと時間の無駄以外の何物でもない。

琴音はそれ以上、この話題に踏み込むことをあきらめると水重はこちらへ顔を向けた。

水重は琴音に歩み寄ると俯く琴音の肩に手を乗せる。

琴音は驚き、顔を上げた。兄に、このような扱いを受けることは珍しい。

「琴音、もう私を理解しようとするのはよしなさい。お前はお前の見える世界の中でお前の望むことをするのがいい」

「え？」

琴音は水重の目を見つめ、兄の言わんとすることが何なのかを探してしまう。

「私はずっと考えてきた。何故、私は能力者として……何故、このような精霊使いとしてこの世に生を受けたのか、と。この力の行先は一体、何処へ向かうものなのか、と」

「お兄様？」

「お前はお前の道を歩みなさい。これからこの水重がどのような道を歩もうともお前はお前の道を」

正直、琴音には水重が自分に伝えようとしているものが何なのか理解できない。

だが、初めてかもしれない。

僅かな時間ではあったが、兄が自分と向き合ってくれたのは。

「さあ、琴音、もう自室で休みなさい」

琴音は頭を下げると兄の部屋を出て行った。

この時、理由の分からない涙が自分の目に浮かんでいることに琴音は気づいていた。

「運が良いといいますか、不運といいますか。とんでもないのに出くわしてしまいましたねぇ。早く旦那に知らせたいのですが」

◆

四天寺家の入家の大祭トーナメント戦初日。

日の落ちかけたイングランドのコーンウォール地方にガストンは来ていた。

その吸血鬼特有の高い身体能力で風のように跳びまわり、数十メートルの高さのある岩壁が形成されている海岸線中腹にガストンは身を潜める。

ガストンは息を殺すように頭上の方に意識を集中させつつ、彫の深い目で自分自身の左腕の付近を確認する。

今、伝説の不死者であるガストンの左腕はない。

先ほど自分自身で切り落とした。

(まさか、私のポジショニングに気づくとは。思わず油断してしまいました。この腕も切り落として正解でしたね)

祐人に今回の四天寺の大祭の参加者に不審な人物はいないか探るように言われ、トーナメント戦進出を果たした名簿をもらうとガストンは思うところがあり、すぐにイングランドに飛んだ。

かつてガストンがポジショニングの能力を奪ったフリーの能力者エドモンド・スタンがこの場所によく足を運んでいることを思い出したのだ。

当時、ガストンはそのエドモンド・スタンと出会い行動を共にする期間があった。

その時はソフィア・サザーランドを失った直後で、ガストンは心身ともに憔悴し彷徨うようにロンドンの空港を訪れ、目的地もないままにフライト表を眺めているところをエドモンドに声をかけられた。

エドモンドは能力者だ。自分が人間でないことは分かっていたはずだがエドモンドはそれにかまわずに話し続け、最後にこう言った。

「あんた、行くところがないんだろう？　だったら俺の仕事を手伝わないか？」

ガストンはソフィアから得たサトリ能力が働き、エドモンドの瞳の奥に悪行を重ねてきた人間特有の深い闇を見たが、その時のガストンは心の中に開いた大きな穴にどんなものでもいいから埋めてしまいたい気持ちが支配し、エドモンドの申し出を受けてしまった。

これが後に自分を狂気に走らせることなどこの時のガストンには思いもよらなかった。

その後、ガストンはエドモンドがポジショニングなる能力で数々の組織に忍び込み、そこで手に入れた情報を売りさばくことで荒稼ぎをしていることを知った。

また、エドモンドは生粋の悪党でポジショニングの能力を悪用し、数々の無関係の人間たちの家に入り込み、寝食をともにしたりその財を平然と奪ったりした。そして時にはその毒牙は若い女性たちにも及んだ。

千数百年の人生のほとんどを独りで過ごしてきたガストンは初めて人間の、エドモンドの持つ悪の本質に触れ、それに加え得たばかりのサトリ能力のコントロールが未熟だったガストンは込み上げる不快感に何度も嘔吐した。

そのエドモンド・スタンには何人かの上顧客が存在した。

普段、横柄な態度のエドモンドもこの上顧客の前では卑屈なほど低姿勢で応対していたのをガストンは覚えている。

その上顧客の中にコーンウォールに居を構えていた者がいたらしく、このコーンウォールの地に同行したことがあった。

いたらしい、というのはその人物の家に行ったわけではないからだ。

ただ、その人物と面会する時は決まってこのコーンウォール郊外にある寂れた一軒家で会うとエドモンドがその時に言っていた。

その人物と会う際、エドモンドは「別室で待っていろ」と言い、ガストンはそれに従った。

エドモンドの商談は思ったより長引き、埃くさい別室で手持無沙汰のガストンは周囲の風景でも見ようかと考え立ち上がった。

ガストンが控えていた部屋を出て外へ行こうとした際、エドモンドたちがいる部屋の前を通った。

その時、僅かに開いた扉の隙間から部屋の中が一瞬、目に入ってきた。

それはある意味、異様な光景だった。

というのもエドモンドは床に両膝をつけ、相手を拝するようにしながら話をしていたのだ。いくら上顧客とはいえ、ここまでの態度を示す必要があるだろうか。

また、その相手はエドモンドの前で椅子に座り足を組み、まるでエドモンドを上から睥睨するようにしている。

さらにその光景を異様たらしめているのは、その上顧客らしい人物がまだ子供といって差し支えない容姿をしていたからだった。

ほんの一瞬、目に入った光景だったが、ガストンはこの幼さの残る少年が能力者に間違いないことを本能的に理解する。

そしてこの時、その少年の目がこちらに向けられたように感じたがガストンはかまわずに玄関の外へ向かった。

ガストンはその少年の目を思い出すと全身に寒気が走ったのを覚えている。

ガストンがニイナの作成したトーナメント進出をはたした参加者のプロフィールを祐人からメールで受け取ったのは、ガストンはスペインへ移動している時だった。

（ふむ、やはり【歩く要塞】と【闘牛士】は進出しましたか。では予定通りそこから調査……うん？）

ガストンはそのリストの中にコーンウォール出身の能力者がいることを発見する。

どの能力者も情報は少なかったが、人からの依頼の性質上、名の通った能力者でより情報の少ない人物から調べようと考えてはいた。

（コーンウォールですか）

ガストンは眉を顰めるとすぐにイングランドへ行く先を変更したのだった。

（それがまさかビンゴだったとは我ながら自分の優秀さに称賛したい気分ですねぇ。ただ、携帯を壊されたのは痛いです。なんとか、ここを切り抜けて街の方に行きたいところですが）

ガストンは岩壁の窪みから視線を動かし、眼下で波しぶきをあげる海を見つめる。

（ふむ、ここで戦ってもいいですが……ああ、旦那に怒られますね）

「そこか、鼠め」

ガストンの頭上から波音にも負けない女性の通った声が聞こえるとガストンはすぐさまその場から跳躍した。

「おっとっと」

ガストンは十数メートル下方の岩の上に着地すると先ほどまで自分のいた辺りが粉砕されたのを確認する。

その原因を作った女性はストールのような布の上に立ち、上空からゆったりと下降しガストン前方の空中に現れた。

深紅のドレスを身につけ、カールのかかっている赤黒い髪をしたその女はグレーの鋭い視線をガストンに向けている。

「何を探っているのかはもういいわ、吸血鬼。ここで私があなたを殺してあげます。もう、十分に生きてきたのでしょう？　不死者」

「いえいえ、私は長くは生きていますが、ある人のおかげで私の人生は始まったばかりなんです。今、死ぬつもりはこれっぽちもないですねぇ」

「では、死ぬがいいわ！」

「人の話を聞かないご婦人ですね」

女が右手を薙ぐと身長百九十センチを超えるガストンほどの大きさをもった闇の刃がガストンに数十と襲い掛かる。

「あまり私の力を低く見積もってはいけませんよ」

ガストンは闇の刃の中に平然と立ち、その刃を受け止める。

すると間髪入れず、忽然と姿を現した禍々しい姿の巨大な鳥が直上から獲物へ向かう隼のように急降下してきた。

その巨鳥の上にはボロキレをまとった男が乗っており、殺気立った目をガストンに向けている。

「ハハッ！　逃さねーー！」

だが、ガストンはその場から動かない。

「まったく、私を甘く見るな、と言ったのはあなたにもだったんですがね」

ガストンは右の拳を握りしめると、なんとその巨大な鳥の鋭いくちばしを素手で殴り飛ばした。漆黒の羽根に包まれた巨鳥は回転しながら鳴き声を上げ、上に乗っている男もろとも海に墜落した。

「クッ!?　やってくれましたね！　吸血鬼！」

女が髪を逆立てて激高するがガストンの実力を目の当たりにして明らかに先ほどよりは

警戒心を持ったようだった。

「ふむ、左手がまだ戻ってないので威力も半減ですねぇ。まあ、逆に痛かったかもしれませんが。私と素手でやり合えるのは自分の知る限り、私の友人だけです」

「吸血鬼とはいえ、これほどの力を……まさか！　貴様、純粋種か⁉」

「うるさいですねぇ……うん？　さっきの厄介なのが来ますね」

ガストンは赤髪の女を無視し数十メートルの岩壁を見上げた。その崖の上にフード付きのローブを纏う人影を複数確認し、嘆息しながらつぶやく。

「嫌ですねぇ、あの格好。もう少しオリジナリティーというものがないのですか。あれでは教科書通りではないですか……謎の悪党の」

ガストンは女へ視線を移し、その彫の深い目を細め笑顔を見せる。

実はその女は半ばガストンの【ペンディング】の術中にはまっているのだが、そのせいで自分の判断が鈍っていることに気づいていないようだった。

「ではでは、私は退散します。あんまり頑張ると旦那に怒られてしまいますからね。あなたもせっかく美しいのですから、もっと穏やかにいることをお勧めしますよ。その赤いドレスはあの連中より数百倍センスがありますが場違いです。似合ってはいますがね！」

「吸血鬼風情が戯言を……⁉　待ちなさい！」

てしまう。

突然、ガストンはひらりと背中から体を倒したかと思うとそのまま波の中に消えていっ

女はハッとして闇の刃を夕日で黄金に反射する海面に放つが、波は何事もなかったよう

にその刃を受け止めるのみ。

女は波間を睨むと悔し気に拳を固める。

「一体、あの吸血鬼は……」

〝逃げられたか、赤い魔女〟

「チッ」

赤い魔女と呼ばれた女は脳内に声が響くと舌打ちをして岩壁の上へ上昇する。

そこにはフードを深く被り、顔の見えない五人の人間が立っていた。

〝まあいい。それにしてもこの私の腐食虫に気づき、左腕を切り落とすとは吸血鬼とは便

利な連中よな。しかし、何なのだ。あれ程の力をもった吸血鬼が何をしにここに来たのか。

偶然か、いや、あり得んな〟

〝あの吸血鬼はあの家に踏み込んだ。ということは、だ。時期的なことも考えれば四天寺

に関係すると考えられるか？〟

〝まさか、貴様は四天寺が我らの存在に気づいたとでも？〟

〝いや、相手が吸血鬼となると微妙だな。四天寺が吸血鬼コミュニティと縁があるとは考えづらい。別の存在か、もしくは本当に偶然か。赤い魔女よ、何か気づいた点はあるか？〟

「分からないわ。ただ、あの吸血鬼は妙なことを言っていたわね。たしか〝旦那に怒られてしまう〟とかなんとか」

〝ほう〟

〝純粋種の吸血鬼と契約だと？　それこそ馬鹿げた話だ。あのプライドの塊の連中と契約できる者などおるか。吸血鬼と契約する能力者など聞いたこともない〟

〝まあいい。いずれにしても我々の計画も早めるとしよう。計画が成ればどのような者にも組織にも止めることはかなわん。要は計画に集中していればよいのだ〟

〝うむ、あ奴にも遊んでないで戻ってこい、と伝えるか。本気でロキアルムや伯爵の仇を取りにいったわけでもあるまい。我らの悲願が動き始める前の見せしめにするために四天寺に向かっただけであろう？〟

〝で、海に落ちたルフはどうする〟

〝放っておけ、そのうち自力で出てくるだろう〟

この会話を最後に岩壁の上にいる者たちは姿を消した。

赤い魔女は日の落ちかけた水平線を見つめると髪と同じ赤黒い唇の角度を僅かに上げた。

「この世界の黄昏（たそがれ）は新しい世界の始まり。フフフ、楽しみなこと」

次第（しだい）に太陽の光は衰（おとろ）え、辺りは闇が支配し始めた。

第5章　大きな意味

トーナメント二戦目の日。

まもなく、トーナメント第二戦開始の合図が出されるようだった。

「いやー、ワクワクするねぇ！　昨日も大興奮だったからなぁ」

「静香(しずか)さん、純粋(じゅんすい)に楽しんでますよね、この大祭を」

「そうですね」

ニイナとマリオンは静香の鼻息の荒(あら)さに苦笑いをした。ニイナは大型モニターに映し出されている対戦表を見ながらそれぞれの参加者の特徴(とくちょう)を確認する。

トーナメント二戦目

第1試合会場
三千院水重(さんぜんいんみずしげ)　ＶＳ　ダグラス・ガンズ

第2試合会場
ジュリアン・ナイト　VS　虎狼
第3試合会場
ヴィクトル・バクラチオン　VS　天道司
第4試合会場
てんちゃん　VS　堂杜祐人

〝それでは！　第二戦スタートです！〟

四天寺の司会者が大きな声でトーナメント第二戦の始まりを宣言すると観覧席から大きな歓声が上がった。祐人応援組もそれぞれにモニターに集中する。

　その中、ニイナは真剣な表情で思案するように顎に手を当てた。

「マリオンさん」

「何ですか？　ニイナさん」

「朱音さんの言ってたことなんですけど、実はちょっとは真実味があるんじゃないかなって私は思ってるんです」

「え⁉　それは四天寺家に敵意のある参加者が隠れているってことですか？」

「はい。たしかに朱音さんが堂杜さんをとても気に入っているのは本当でしょうけど、それでいくら何でもこんな入家の大祭を開くでしょうか？　分家の方々に認めさせる必要があるという四天寺家の特殊事情は分かりますし、堂杜さんをなし崩し的に婿に迎えてしまえ、という作戦も理解できます。でも、あの時に朱音さんが言っていた四天寺家に良からぬことを考える人間がいるかもしれない、というのは大いにあり得る話だと思うんです。それが名家と呼ばれる家だったり、何らかの権力を持つ家には」

「ふむ」

「私も四天寺家ほどではないかもしれませんが、それに近いものを見てきました。それにマリオンさん、覚えていますか？　テインタンのこと」

「たしかに」

マリオンは思案するような表情になった。

というのもニイナが言うことに説得力があったからだ。

ニイナの実家は父親が元軍閥の盟主という立場から現在は一国の首相に就いている。

そのためニイナの家には多種多様な人間が父親であるマットウに面会にやって来た。

その中には明らかに自己の利益を得るためだけに近づいてきたという人間たちも多数含まれていたのだ。

さらにニイナの言ったテインタンのことである。

それはマリオンももちろん覚えている。ミレマーが軍事政権とマットウ派の軍閥とで二分されていた時、マットウの最も信頼していた副官のことである。

そのテインタンは軍事政権が雇ったマットウ暗殺を請け負う能力者に操られていたのだ。マットウ護衛の任務についていた瑞穂やマリオンはそれに気づき、テインタンの精神的拘束を解いたという経緯があった。

「朱音さんが堂杜さんを狙っているのは間違いないと思いますし、事実、この大祭で何とかしようとしているのは確実です。ですがだからといって、あの作り話のようなことが起こらないということではないと思います」

「じゃあ、朱音さんが祐人さんに大祭に参加してもらうように依頼をかけてきたのは、あの時の説明通り、本当に良からぬことを考える参加者を警戒してのものということ？」

「それは分からないです。私も経験上、そう考えてしまうだけかもしれません」

この時、マリオンは朱音の持っているもう一つの顔のことを思い出す。

「そういえば、朱音さんは『精霊の巫女』でしたね」

「精霊の巫女？　それはどういう立場なんですか？」

「いえ、精霊の巫女というのは立場を表したものではないです。私も詳しくは知らないのですが、精霊使いの中に稀（まれ）に生まれてくる精霊との感応、交信が特に秀（ひい）でた女性のことを指す言葉のようです。精霊に認められ、愛され、精霊を通じてこの世界を見ることができる……そういった精霊使いを指すと聞いたことがあります」

「精霊を通じてこの世界を……？」

「はい、そのため精霊の巫女は意識、無意識にかかわらず、その行動に大きな意味を持つことが多いと」

「大きな意味ですか」

ニイナは何かが引っかかるような表情を見せる。

ニイナはマリオンの話を聞くとこれまでの自分が知る限りの状況（じょうきょう）を整理し始める。

本来の気質としてこういった捉（とら）えどころのない話をニイナは好きではない。

大きな意味、などという何とでも解釈（かいしゃく）できる話は状況判断に邪魔とまで考える思考の癖（くせ）があると言ってもいい。

ニイナの考える状況判断とは起きた事象、そしてそれぞれの人物や組織の向かおうとするベクトル、これらを精査して状況を見極（みきわ）めるのが必要だと思うからだ。

そしてリスクとはその状況の中で起き得る可能性を見定めたときに出てくる。

今、ニイナの持つ能力者たちの情報はまだ少ない。

そのため、まだまだ何かを断じるということはできない。

ただ、それとは別に朱音の言っていることは起き得ることだとは考える。

それは能力者云々の話ではなく、人間ならばその思考は同じだからだ。

だが、ニイナが引っかかったのはそこではない。

ニイナは瑞穂やマリオン、そして祐人たちのような常識では測れない能力者たちと出会い関わったことで、その捉えどころのない理屈、理論を軽視できないものとして認識し始めてきているのだ。

そのために引っかかった。

(大きな意味、ですか。では朱音さんが堂杜さんを気に入ったのも堂杜さんを招くためにこの入家の大祭を催したことも、今後に大きな影響を与える何かがあるということになってしまう。ダメね、やっぱり捉えどころがなくなってきてしまう。でも……)

ニイナは思う。

スルトの剣や伯爵という怪しげで謎の能力者たちがいた。

聞けば放っておけば世界に対しても大きな災厄を招きかねなかった連中だという。

それらに偶然か、祐人や瑞穂、マリオンは関わり最後は撃退しているのだ。

スルトの剣……この件については祐人がどのように立ち回ったかはまだ分からないとこ

ろがニイナにはある。だが、大きな役割を果たしたに違いないと何故か思う。

それはいつかクリアにしたい。いや絶対に知ろうと思う。

それはさておき、そのように考えれば必然的に祐人という人間は誰からも注目に値する能力者であるはずなのだ。実績も実力も含め。

その意味で今の祐人の無名さ、評価の低さは異常だとニイナは考える。

それは何かがおかしい。何かが祐人を無名たらしめている。

周囲の人間たちの策動か、もしくは祐人自身には何かあるのか、もしくはその両方か。

（でも堂杜さんは数度、この世界の裏で起きた大きな出来事の中心にいたの。これは本当に偶然？　それともそれが堂杜さんの星周り？）

そして、その祐人が今、朱音の要請によってこの入家の大祭に参加させられている。

大きな意味、というものをもたらす精霊の巫女の行動によって。

「ニイナさん？」

マリオンが黙り続けているニイナを覗き込む。

「マリオンさん、考えすぎかもしれないけど、この大祭はやっぱり注意が必要かもしれないです。堂杜さんから目を離さないようにしましょう。ちょっと私らしくないですが何かあるなら、きっと堂杜さんがその中心に引っ張られる。そんな気がするんです。あ、もちろん、瑞穂さんのことも忘れてないですが」

「え？　祐人さんがですか？　え⁉　これは！」

このマリオンの返事と同時に凄まじい轟音が発生した。

「何ですか⁉　まさか、何か始まってしまって」

轟音のみならず地響きまでが観覧席にまで届き、ニイナもマリオンも顔色を変える。

見れば観客のみならず四天寺家の司会者までも固まってしまっているのが分かった。

全員が度肝を抜かれ、一つの大型モニターを凝視している。

すると静香がすっと立ち上がり、ポツリと呟く。

「堂杜君……すげえ」

まるでそれを合図にしたように会場全体が大歓声に包まれる。

「おおおお‼　何だ、あいつは⁉」

「おい、あいつを調べろ！　何者だ！　普通じゃないぞ！　あと、その相手もだ！」

「初戦からすごい奴とは思っていたが……⁉」

「はあーん⁉　あれでランクDィィ？　嘘だろ⁉」

マリオンとニイナが祐人の第４試合会場を映すモニターに集中すると、モニター内に映る土ぼこりが静まりだしその状況が段々と見えてくる。

そこには……大きなクレーターのような大穴の中心に立っている祐人がいた。

◆

「おい！　危ないじゃろうが、祐人！　それが年寄りに対する態度か！」

「ええい！　とっとと降参しろ！　こんなところにまで来て恥ずかしい！　誰に聞いたんだよ！　あ、待て、逃げるなぁぁ！」

「うるさいわい！　儂だってまだ現役じゃ！　嫁だってほしいのじゃ！」

「だからぁ、この大祭の参加条件は四十歳以下って決まってんだよ！　いい加減、落ち着け、この不良老人が！　僕がどれだけ恥ずかしい思いをしているのか分かってんのかぁ！」

「ふぉっふぉ――――！　儂は気持ちだけは永遠の二十歳じゃ！　いつまでも若いのじゃ！　だから関係ないのじゃ！」

「ぬうう、こんの糞ジジイ！　これ以上、恥をさらすのはやめろぉぉ！　ここはなあ、僕の友達の家なんだぞ！　しかもその嫁は僕の同級生なんだよ！」

「愛に年齢など！」

「そういう問題じゃなぁい！」

祐人は跳び上がるとてんちゃんこと、纏蔵の背後から豹のように襲い掛かった。

右脚に充実した仙氣を込め、全身をバネのように力をためた跳び蹴りが纏蔵の背中に向けられる。

一方の纏蔵は振り向くこともないまま自らの背中に手のひらをこちらに向けて乗せると

祐人の右足が纏蔵のその手に追突する。

「ほい！」

その刹那、纏蔵が軽く背筋を伸ばしたかと思うと祐人の体は縦に回転してしまい、その

勢いが失われるだけでなく、天地が目まぐるしく移動し自分の位置を見失ってしまう。

続けて纏蔵は空中で回転している祐人に対し、その場で跳躍するとオーバーヘッドの要

領で上方から蹴りを繰り出した。

纏蔵の右脚がクリーンヒットし祐人は地面に叩き落とされる。

周辺には半径五メートルほどのクレーターと土ぼこりが発生し、その際に発生した風が

辺りの草木を激しく揺らした。

「ほっ！　成長したのう、祐人」

「捕まえたよ、爺ちゃん」

土ぼこりの中心に仰向けになりながら纏蔵の右脚を両手で掴む祐人がニヤリと笑う。

「足に仙氣を込めたのは見せるだけで、はなから受け身に集中していたか」

祐人を見下ろす纏蔵は一瞬だけマスクの下に嬉しそうな笑みを浮かべたが、それは祐人からは見えない。

「祐人よ、年寄りの恋路を邪魔するとはなんとも悪い孫に育ってしまった」

「恋路って何だ、恋路って！　このアホ爺！」

「ぬぬう、この儂に向かって……よいわ！　久しぶりに稽古をつけてやろう！　儂のＪＫ妻を想う心はのう、何人たりとも邪魔することはできんのじゃ！」

「ふざけんな！　孫にどれだけ恥をかかせれば気がすむんだぁ！」

怒りが頂点の祐人は両手で掴んだ纏蔵の脚を捻り、それだけではなく同時に右脚を振り上げ纏蔵の後頭部に叩き込む。

が、纏蔵は祐人の腹の上で軽く跳ねるとフィギュアスケーターのように回転し、祐人の両手から脱出しつつ祐人の蹴りも弾いた。

脚を弾かれた祐人はその勢いを借りて体ごと跳び上がり両足を地につける。すると自分の両手から脱出し、僅かに地面から浮いている纏蔵に正拳突きを繰り出す。

纏蔵は回転しながら右手を上げ、左手を下げ、体を地面と水平に体勢を変えながら祐人の拳の上から叩き、それを推進力に空中を移動してその場から離れた。

「祐人、お前には孫韋から仙道も学ばせたが堂杜の霊剣師じゃろう。剣でこんか、剣で」

「くー！　この人は何でこう昔からぁ！　もう許さないからなぁ！」

怒り心頭の祐人がその右腕から落とすように倚白を出すと纏蔵もどこから出したのかその手に古びた木刀を手にしている。

「はあ——!!」

「ふん！」

祐人と纏蔵が激突すると周囲に凄まじい衝撃波がまき散らされ、それは遠く離れた他の試合会場のみならず観覧席にもその刃風が届いた。

度肝を抜かれている観覧席及び四天寺家の司会者。

それは明らかに超ハイレベルの能力者同士の戦い。

これほどの能力者同士が戦うことも今では稀であり、さらに言えばそれを目の当たりにすることなど能力者といえどもほとんどない。

司会者はハッと我に返ると大声を張り上げる。

「凄まじい！　第4試合会場！　凄まじい攻防です！　これは、わたしもどう実況してよいものか、分かりませ——ん！」

観覧席の各所から絶叫にも似た声があがり、興奮というよりも驚愕だけが支配しているようだった。

「あ、あれが祐人さんのお爺さん⁉」

「マリオンさん！　あれは、あれってどういうレベルなんですか⁉　大丈夫なんですか、祐人さんは……キャッ」

マリオンに質問をしている間にも振動が伝わってきてニイナはマリオンにしがみつく。

「これはまるで止水さんとの戦いのときのような」

マリオンがそうこぼすと、その横では……、

「堂杜君の爺ちゃん、すげぇぇ！　凄すぎるよ！　老人で超強いって……クー‼　なんて燃える！　いけぇぇぇ‼　二人とも頑張れぇぇぇぇ‼」

格闘技ファンの静香が興奮のあまり完全にここに来た目的を忘れた声援を送っていた。

「あらあら……ちょっとこれは大変なことになってしまっているわねぇ」

四天寺家の重鎮席で朱音が静かにお茶をすすると、その横で左馬之助が体を震わせてモニターを見つめている。

「このような戦いがお目にかかれるとは何者なんじゃ！　あのてんちゃんというのは⁉」

その疑問に答える者はいない。

　分かるはずもない。

　ただ、瑞穂だけが半目になり乾いた笑いを漏らしていたが。

「明良！　婿殿は大丈夫か⁉」

　左馬之助が血相を変えて明良に振り向く。

　明良は事前に剣聖から仙人の可能性を言われていたために幾分か冷静であったが、それでも祐人が心配なのは変わりがない。

「は、はい、大丈夫だと信じてはいますが相手がこれほどとは。まるで死鳥と戦ったときのようです」

「なにぃ⁉　それほどの相手だと？　いや、これを見ればそうか。婿殿にも驚かされるがこの相手もとんでもない」

「…………は？」

　今、なんて言った？

　この瞬間、瑞穂は祐人の戦いよりも今、耳に入ってきた左馬之助の思いもよらない言葉に目を大きく、大きく広げる。

「ちょっと、左馬爺？　今、なんて……変な単語が入って」

婿殿？

「ぬぬう、こんなところで思わぬ強敵が来るとは！　婿殿！　負けるでないぞ！」

「左馬之助様、毅成(たけなり)様が来たら聞こえてしまいますよ。婿殿ならきっと大丈夫です。信じましょう、朱音様や瑞穂様が認めた方なのですから」

「……え？　早雲(そううん)？」

　すると明良は左馬之助に体を向けて声をかける。

「早雲様の言う通りです。私も祐人く……婿殿が数々の困難を潜(くぐ)り抜けてきたのをこの目で見ています。きっと婿殿は勝ち上がってきます。婿殿は！」

「ちょっとぉぉぉぉ!!　明良ぁぁ、今、なんて祐人を呼んだのよ!?　しかもわざと強調していなかったぁ!?」

　大声を張り上げる瑞穂に明良は顔を向ける。その顔もまるで「何を仰(おっしゃ)っているのですか？　瑞穂様」と聞こえてきそうな表情だ。

「何って……祐人様のことですか？」

「そうよ！　って……様？」

「婿殿ですがそれが何か。あ、申し訳ありません！　瑞穂様。私がそう呼ぶのは失礼でした。これからは祐人様と」

「そこじゃないわよ――！」

「瑞穂、静かになさい。観覧席からも見えてしまうわよ。この大祭はあなたのために開かれたものなのです。ここに来ている参加者も皆、あなたのために来ていることを忘れてはなりません」

「だって、お母さん！」

「黙りなさい！　ここに来られた方々に失礼だと言っているのです」

「……ッ！」

「さあ、あなたもしっかりと大祭を見届けるのです。婿殿の戦いを！」

「はあ——ん⁉」

思わず声を上げた瑞穂だがその横では、真剣な顔で「婿殿！　婿殿！」と連呼しながら応援する四天寺家重鎮たち。

瑞穂は唖然とした表情で周囲を見渡すと重鎮たちのみならず、四天寺家に仕えるすべての者たちが口々に「婿殿、頑張れ」と応援しているではないか。

そしてその瑞穂の姿を見て、必死に笑いを堪える明良の姿があった。

◆

ロシアの能力者で二つ名は【歩く要塞】のヴィクトル・バクラチオンは今回から設置された勝利者だけが案内される部屋でモニターを見ていた。

ヴィクトルの対戦相手である天道司が試合開始前に棄権してきたためヴィクトルは不戦勝の扱いになり、誰よりも早く準決勝進出が確定した。

ヴィクトルは第4試合会場を映すモニターを凝視している。

少年と覆面能力者の攻防は凄まじく、現地のカメラが両者の激突で振動し画面が揺れる。

ヴィクトルの視線はただ祐人に注がれており、しばらくすると目を瞑った。

「なるほど、報告はあながち間違いということはなかったか」

この時、着信音が響きヴィクトルは脇に置いてあった携帯電話を手に取った。

〝ヴィクトルか、私だ。もう本国に帰ってこい。アンドレイの件でこれ以上、調査の必要はあるまい。ましてやお前自ら動くことをバクラチオンは良いと思っていないのだ〟

ヴィクトルはモニターに映る祐人を見つめた。

アンドレイとはバクラチオン家から追放されたヴィクトルの弟である。

普段から素行が悪く、思慮の足らない弟だった。

〝暗夜之豹に勧誘されていたのには驚いたが、幸い日本支部に襲撃されて暗夜之豹自体が壊滅しアンドレイは回収した。不出来とはいえバクラチオンの術が解析される心配もなくなった。おい、聞いているのか、ヴィクトル〟

「聞いている」

〝自分の気まぐれで見逃した弟に責任を感じたのはいいが、わざわざ弟を再起不能にした相手を見に行く必要はないだろう。報告を見たがその者がバクラチオンに気づいた可能性は低いのだろう？〟

「その可能性はほぼない。いかにも世間知らずの若者だ。天然能力者と聞いている」

〝だったら帰ってこい。四天寺の遊びに本気で参加しているわけであるまい。それにそこに長居するのはあまりよくない〟

その言い回しにヴィクトルは引っかかる。

「何の情報だ」

〝蛇の道は蛇だ、ヴィクトル。そこは次の瞬間にも戦場になり得る、ということだけ伝えておく。そしてその戦場はバクラチオンにとって何の益もないものだ〟

「分かった。すぐに本国へ帰ろう」

〝ああ、急いでくれ。お前が帰ってきたら今後のことで話さなくてはならないことがあるのだ〟

ヴィクトルは電話を切ると再びモニターに映る祐人に視線を移した。

（愚弟を再起不能にした可能性の高い少年）

ヴィクトルは僅かにだが目を細めた。

ヴィクトルは弟のアンドレイが幼少のころからバクラチオン家の不出来者という烙印を押され、鬱屈とした態度で過ごしていたのは知っていた。

だが兄として弟に手を差し伸べたことはない。

バクラチオンにおいて何かを為すのは常に自分自身でしかならず、それができないのは強者の資質がない証左だ。

アンドレイは直系とはいえ素行や言動の悪さは成人した後も直らず次々にいさかいを起こした。

結果、アンドレイはバクラチオンにおいて誰からも相手にされなくなった。

するとついに当主マトヴェイ・バクラチオンの逆鱗に触れることになりバクラチオン家を追放となった。

バクラチオン家から追放された者は慣例として隠密裏に『処理』される。

それはバクラチオンにいる者なら誰でも知っていることだ。

それは教えてもらうわけではない。自然と理解する暗黙のルールだ。

だがアンドレイはそれすら知らず、気づいてもいない。

何故ならアンドレイは追放を喜んだからだ。ヴィクトルはその時のアンドレイの姿が印象に残っている。

「兄貴、俺はこのクソみたいな家から追放されて嬉しいぜ！　この家の空気は俺にとって毒でしかなかったからな」

無分別で愚かな弟が心から嬉しそうな表情を見せた。

そして愚弟は出て行った。

ヴィクトルは別に何とも思っていない。一人の愚か者が消えただけだ。

アンドレイが家を出奔した直後、バクラチオンの屈強の戦士たちがヴィクトルの前に現れた。バクラチオンの血に連なる優秀な兵士である。

ヴィクトルは現当主である父からこの兵士たちの指揮を任されている。兵士たちはすぐに出されるだろう『処理』の命令を待っているのだ。

だが、ヴィクトルはこう言った。

「いい。好きにさせておけ」

この時、ヴィクトルは愚弟に対し愛情や同情が湧いたわけではない。

ただ何故か嬉しそうにしていたアンドレイの顔が脳裏をよぎったのだった。

その後、アンドレイはドルゴルと名を変え周囲からは【岸壁】と呼ばれるようになったという。

想像だが弟はその環境に満足していただろう。

だがここでも弟は愚かそのものだった。

アンドレイは名を変え闇社会に身を置いているというところまでは聞いていた。

それくらいなら良かった。バクラチオンとしては大して問題にはならない。

しかし、事情が変わった。あろうことかこの愚弟は大国である中央亜細亜人民国の能力者部隊、暗夜之豹に所属したという情報が入ったのだ。

名を変えているとはいえ、その素性がバクラチオンにたどり着くのは時間の問題だ。

そうなれば暗夜之豹はバクラチオンの能力や術を解析したい欲求に駆られるだろう。

ここでヴィクトルはアンドレイを確実に『処理』することを決心した。

己の曖昧な指示が招いた結果なのだ。

（自分自身でケリをつける）

そう考えるが相手は有名な能力者部隊だ。アンドレイを誘い出す準備を始めた。

そして動こうとした直後、暗夜之豹壊滅の情報が入る。

この予想外の出来事にさすがのヴィクトルも驚いたが間違いはないとのことだった。すぐに現地にバクラチオンの者を派遣した。

その後、暗夜之豹壊滅の理由が分かる。なんと日本支部からの報復が理由だという。

（たった三人……しかも少年少女たちとは）

瀕死のドルゴルは中央亜細亜人民国軍に回収され、軍の病院で治療を受けていた。

それを交渉してバクラチオン家に移送し、外傷から横腹に強烈な一撃を受けたことが推定された。当然、そのような攻撃が可能な能力者は誰か考える。

すると堂杜祐人というランクDの少年が浮上した。

（愚弟を倒したかもしれない少年か。しかも一撃で倒したと）

ヴィクトルは興味が湧いた。

（会ってみたいものだ）

その後、入家の大祭が開催されると聞き、この大祭に堂杜という少年が参加するのではと考える。ヴィクトルは父マトヴェイ・バクラチオンに調査という目的で参加することを認めさせたのだった。

「手合わせをしたかったが仕方あるまい。いずれその機会もあろう」

しばらくモニターを眺めていたヴィクトルは四天寺の従者に棄権する旨を伝えると勝者の部屋を後にした。

「おいおい、こりゃあ盛り上がりすぎだろう。あっちはどうなってるんだ？」

木の陰に隠れながらダグラス・ガンズは祐人たちのいる第4試合会場の方に顔を向けた。

ダグラスは今、第1試合会場にて三千院水重との試合の最中であり、水重のスキルである探査風から逃れながら攻撃のタイミングを探っていた。

しかし思わず第4試合会場からの高位能力者特有の凄まじい圧迫感に驚いていた。

だが驚く暇もなく水重の複数の探査風の気配を感じ取る。

「おっと！　たくっ、あいつもやるなぁ！　俺が攻撃ポイントを探せやしない！」

ダグラスはその場から素早く離れ、移動をしながら僅かな風の動きを感知しつつ、水重の探査風から逃れる。

すると前方と両ななめ後方から水重のものと思われる風が迫ってきているのを確認した。

「チッ！」

ダグラスは何もない自らの両脇の下に両手をクロスしながら探るような仕草をすると、あるはずがなかった拳銃二丁が握りしめられている。

そしてそのまま前方に銃を構え立て続けに撃鉄を引く。

すると放たれた複数の弾丸が姿を変え、超高速移動する燕の姿に変わった。

　ダグラスの霊力によって作られた六匹の燕たちは生きている燕のごとく自由に動き、四匹は背後に、残りは前方に移動し迫りくる探査風すべてに突入した。

「まあ、これであの綺麗な兄さんを誤魔化せるとは思わないが」

　そう呟くダグラスは探査風の網をかいくぐり、さらに水重への攻撃ポイントを探すべくその場を走り抜けた。

「まったく、また支部長に騙された！　なーにが簡単な仕事だ。あの少年を詳しく調べてこいって、それがそんな簡単じゃないこと知ってたんだろ、あいつ。しかもトーナメントの巡り合わせも悪いし、これじゃ勧誘どころじゃない」

　アメリカ支部のエース候補とまで言われ、現在ランクAのダグラス・ガンズは実績、実力ともにランクAAが相応しいと評価されていたが、何故かアメリカ支部支部長にしてランクSの【制圧者】ハンナ・キーズに保留されていた。

「それにしてもここまで衝撃波が来るってとんでもない少年だな、堂杜君は。相手も何者なんだ？　たしか機関所属じゃなかったようだったが」

　ダグラスはそう零すと一際高い木の枝の上に着地した。

「こちらの美男子も機関所属じゃなかったな。もう、あいつを勧誘してもいいんじゃないかな。あれだけの能力者ならアメリカ支部としても文句はないだろう……おっと着実にこちらに来てるね」

そう言うとダグラスは跳躍して木々の間に突っ込む。

「でもやっぱり支部長の指定の堂杜君の方がいいな。彼は何といっても面白そうだ。ちょっかいを出したくなる！　それに比べて三千院の美男子は命令じゃなきゃ関わりたくないね」

ダグラスが駆け抜けた十数秒後、水重が現れた。

「鳥……ではないか」

水重は試合が始まってから常に真っ直ぐ歩を進めていたがここで足を初めて止める。

すると突如、左右の木々の隙間から赤く発光する二匹の燕が姿を現した。その霊力で具現化された燕は超高スピードで水重に向かって突進してくる。

水重は表情を変えずに風精霊術で燕をいなす。

するとその直前、燕が風船のように膨らんだかと思うと弾けるように爆発した。

直撃はしていないがそもそも当てる必要のない攻撃だ。対象の近くで爆発し、その爆風によってダメージ、もしくは一瞬でも索敵能力を奪うことを目的としている。

左右からの爆風に巻き込まれ水重の姿が見えなくなる。完全に術の攻撃範囲内であり、通常であれば吹き飛ぶか、耐えたとしても聴力への影響や火傷は免れない。

だが――しばらくすると土埃の中から何ら変わりのない無傷の水重が現れた。

「ふむ、なかなかどうして見事ですね」

それだけ呟くと祐人のいる第4試合会場の方に視線を向け、珍しく微笑した。

◆

「あはは、いいねぇ！　堂杜君！　相手は誰なんだい？　この僕が気づかないなんてとんでもない相手なんだろうねぇ！　本当に君は面白いことばかり起こすなぁ」

鎖で雁字搦めにされている剣を片手にジュリアン・ナイトは笑い声をあげた。

「うん、うん、僕も燃えてきた！　よし、おーい！　虎狼っていう人ー！　隠れてないで出てきなよ！　僕も本気でいくからさぁ！　昨日の試合で勝手に負けられて消化不良だったしね！　出てこないならこちらから行くよ！」

そう言うとジュリアンの握る剣の鞘に絡まった鎖が緩み、地面に落ちる。

ジュリアンは笑みを浮かべたまま剣を水平に持ち、鞘を抜かんと手をかけた。

「使っちゃおうかなぁ、これ。ふふん、楽しみだなぁ……うん？」

ジュリアンの笑みが消えたかと思うと、ジュリアンは上空を睨んだ。

その上空には何もない。

だが、しばらく見つめるジュリアンの目が険しいものに変わっていく。

「無粋な奴らだな。せっかく僕が楽しんでいるのにさ」

いつもにこやかにしているジュリアンの笑みがやがて薄暗い笑みに変貌する。

「でも、仕方ないか。まったく誰だい？　余計な探りを入れてきたのは。随分と優秀じゃないか。まあ普通に考えれば四天寺か日本支部……吸血鬼？　どういうことだい、それは」

ジュリアンは顔を下ろし思案するような顔をする。

「ポジショニングの能力を持つ吸血鬼？　まさかね、あいつは死んでいるはず」

そこに第4試合会場から、またしても激しい振動が伝わってくると、ジュリアンはニッコリといつもの屈託ない笑顔を見せる。

「ま、いっか！　いずれにせよ、最悪の事態を考えて行動するのがセオリーだしね。あ～あ、もうちょっと遊びたかったなぁ、これからがいいところだったのに」

そう言うとジュリアンは鞘から勢いよく剣を引き抜き、颯爽と走り出した。

まるで対戦者の居場所を知っているかのようにさらにそのスピードを上げていき、木々の間に消えていった。

◆

これと同時刻、深夜のコーンウォール郊外をガストンは慎重に移動していた。

「はやく旦那に伝えないと」

追手が来ている可能性は高い。

迂闊な行動がとれないことは分かっているガストンは近くの街を避けて移動していた。

ガストンは闇の中、小さな道路わきを走りつづけていると前方に幹線道路が見えてきた。

深夜ということもあり車は少ないがそれでも数台の車が通りすぎていくのが見える。

ガストンはスピードを上げると真横に猛スピードで走り抜けていくトラックに飛び移った。そして走行中のトラックの助手席のロックされたドアを力だけで強引に開ける。

当然、トラックの運転手は悲鳴をあげて驚くがガストンは何事もなかったように助手席に座り、親し気に小太りの中年運転手に話しかけた。

「いやいや、私を置いていかないでくださいよ」

「え!?　あ、ああ、すまん!　忘れてたよ!　でもお前、よく乗ってこられた……」

「まあまあ、そんなことより携帯を落としてしまいましてね、ちょっとあなたの携帯を貸していただけませんか?」

「ああ、いいぜ。ほらよ」

「ありがとうございます」

携帯を受け取ったガストンは連絡先を思案すると電話番号を入力し、相手が受けるのを待つ。

「あ、もしもし、茉莉さんですか？　ガストンです。はい、はい、いいえ、ちょっと急いでまして、祐人の旦那に伝えたいことがありますのですぐに伝えてもらえますか？　旦那は今、試合の最中と思いまして、え⁉　携帯を持ち込んで戦ってたんで？　ああ、それでは直接、電話します……うん？」

ガストンは咄嗟にトラックの外に目を向けた。

「茉莉さん、やっぱり伝言をお願いします！　こちらも色々とありまして！」

ガストンは周囲を最大限に警戒しながら話しだす。

「今は質問はなしです。落ち着いて聞いてください。入家の大祭ですが、その参加者の中にジュリアン・ナイトという人物がいます。この人物はかつて隆盛を誇ったナイト家の嫡男となっていますが、ナイト家にはそのような人物はいません。現在、ナイト家の当主としては年老いたランダル・ナイトがいますが、この一人息子だったブライアン・ナイトは若くして亡くなられています。その息子、つまり、ランダル・ナイトの孫として参加してきたのがジュリアン・ナイトですが、どのように調べてもブライアン・ナイトに子供がいた形跡はありません……ム！」

ガストンは窓の外を睨むと再びドアを開けて猛スピードで走るトラックから跳躍した。

トラックの運転手は友人と思っていたガストンが外に飛び出したのを見て驚愕し、急ブレーキを踏んだ。

どうやらガストンを探そうと考えたようだった。

「いけません！　そのまま行ってください！　あ、すみません、茉莉さん、こちらの話です」

ガストンはトラックの運転手に大声で注意すると道路横へ飛び出して走りだす。

携帯を貸してくれた恩義のあるトラックの運転手を巻き込むわけにはいかないという判断だったが、それは危険な行為であることをガストンは知っていた。

ガストンは携帯を片手に道路から逸れてより明かりの少ない方へ足を止めずに移動していく。

ガストンは走るスピードを上げて再び携帯電話に話しだす。

「茉莉さん、いいですか？　まだあります。今朝、私がナイト家の当主に会いに行ったとき、すでにランダル・ナイトは殺されていました。その犯人らしき連中もいましたが、こいつらが何者かまでは分かりません。ですが、かなり危険な連中です。恐らく、いや間違いなくジュリアン・ナイトという人物はこいつらの仲間に違いありません」

　月明り以外は周囲を照らすものはない荒野を姿勢を低くしながら走り抜けるガストン。

「いいですか、茉莉さん、そんな者が四天寺家に侵入しているということです。それと最後にもう一つ、これが重要です。必ず旦那に伝えてください。ジュリアン・ナイトを名乗るその人物はランダルの孫になりすまし、ナイト家に伝わるとてつもない力を秘めた、ある剣を持ち出しています。どのように、いもしない孫に成りすましたかは分かりませんが、その人物はナイト家の剣を継承しました。……うん？」

　ガストンは自分で話しながら自分の話に引っかかると、ハッとした。

「いや、そうか！　【ポジショニング】ですか！　それならすべてが繋がります！　私のポジショニングが通じなかったのも、あちらがオリジナルですか！　あ、すみません、こちらの話です。話を戻しますとジュリアン・ナイトはおそらく最初からその剣を奪うために近づいたのだと私は考えます。それは神剣のレプリカなのですが、その名はダンシン……!?」

　突如、ガストンの耳に切り裂き音が聞こえてきたと思った瞬間、携帯電話が破壊された。

「クッ！　私としたことが大事なところで余計な事に気をとられてしまいましたねぇ、これはしくじりました」

　ガストンは立ち止まり大穴の開いた携帯を放り投げると携帯電話を破壊した張本人を確認するように背後上方に顔を向ける。

「見ーつけた、吸血鬼。馬鹿ねぇ、自分から目立つ行動をしてぇ」

「またあなたですか、赤いドレスの人。ふむ、私が思うにいい女というものは男性を追いかけるのではなく、男性に追いかけてもらうものだと思いますがねぇ」

「フフフ、何を言っているの？　いい男がいれば女だって追いかけるものよ」

「まあ悪い気はしませんがタイミングが悪いですねぇ。私はですね、まだ前の恋を引きずっているのですから！」

　ガストンが腕を薙ぐと強力な魔力の鎌が空中にいる赤い魔女に襲い掛かる。

　赤い魔女はひらりと空中で一回転をしてこれを避けるとガストンに向かって急降下してきた。

「あはは、それこそ落とし甲斐があるというものよ！　私がすべてを忘れさせてあげるわ」

「まったく旦那のモテ具合は友人の私にも移るのですかね。ですが私にだって相手を選ぶ権利ぐらいは欲しいものです！」

　かつて能力者の間で恐れられた【赤い魔女】と伝説の吸血鬼は月明かりの下、大地が裂けんばかりの大音量をあげて衝突をした。

◆

「ほっほー、どうした、祐人。もっと本腰を入れてこい」

「この色ボケジジイ！　とっとと家に帰れよ！　はっ！」

祐人は倚白の切っ先を纏蔵に向け、その刀の峰に左手を添えると纏蔵に神速の突きを繰り出す。纏蔵は木刀の平でこれを弾き、互いの剣が顔面のすぐ横をかすめ、祐人と纏蔵は額がつきそうなほどの至近でぶつかる。

互いの仙氣も押し合い、周囲の空間が圧縮されたように歪んだ。

「なんじゃ、祐人、この程度か。これでは堂杜の霊廟が泣くわ。霊剣の術が使えなくとも、その剣技のすべてはお前に授けておるのだぞ」

「爺ちゃん……どうしても帰らないつもりか」

「当然じゃ！　儂はJK妻から〝はい、あーん〟をして貰うためにここに来たのじゃぞ！」

「ブッ、このアホジジイは。一体、誰に聞いたんだよ、この大祭のこと」

「それは内緒じゃ。内密にと言われておるでな。大体、お前だって参加しておるではないか。それで儂の参加を咎めるのはおかしいぞい」

「年齢を偽ってる奴が何を言ってんだよ！　それに僕は朱音さんに依頼を受けて参加してるの！　怪しい奴が参加していないかを見張るために！　婿に入るつもりで参加したわけじゃない！」

「朱音？　ほっほー、そういうことか、あの巫女にの。では、そちらに行くがよいぞ、その怪しい奴らならいたではないか、沢山。気づいてないのか？　お前。この大祭はわしに任せて、お前は早くその怪しい奴らのところへ、はよ行け、ほれはよ」

「お前が！　一番！　怪しいわぁ!!　行くぞぉ、爺ちゃん！」

「む！」

「ハア――！　霊剣技！」

祐人は倚白を引くと右手で上段、中段に二連の刺突を繰り出し二連目の刺突の引きざまに、倚白を両手に持つと流れるように左足を踏み込みつつ下段から振り上げ、さらに右足を踏み込み上段から振り下ろした。

迎える纏蔵は僅かに下がり、祐人の不可視の突きを木刀の先で突き返し軌道を変えると右脚、左脚を交互に軸に変えて半円を描きながら後退し、祐人の閃撃に合わせて打ち返す。

祐人の突きの軌道上にあった纏蔵背後の岩に二つの穴が通り、祐人の剣圧で纏蔵の後ろ両脇に立っていた木の幹が寸断された。

「二突連鎖二閃か、良い動きじゃ、祐人！」

「まだまだぁ！」

祐人は倚白を両手に持ち纏蔵に肉迫し袈裟斬りを繰り出すと倚白を右手、左手と変幻自在に持ち替えつつ、体には回転を加え、まるで舞を踊るような息をもつかさぬ超連撃を纏蔵に叩き込む。

それに対し纏蔵は祐人と同じく舞を踊るように右手、左手に木刀を持ち替えつつ、自身の周囲に木刀のカーテンを広げるように操り、移動していった。

「はあああ！」

「むううう！」

祐人はまだ止まらない。纏蔵も同じく止まらない。

二人の美しくも危うい舞は周囲に風の刃を作り出し、不幸にもそのレンジに入ってしまったものはすべて、一ミリ単位で切り刻まれていった。

この時、祐人の連撃を受けているはずの纏蔵はマスクの下で笑みを浮かべていた。

（よいぞ、よいぞ、祐人。よくぞ、ここまで練り上げた。霊力が使えぬために堂杜の奥義までは届かぬがの……む⁉）

瞬間、祐人の切っ先が予想と反した軌道をとった。それは結果として纏蔵のマスクにかすりマスクの右頭部から纏蔵の白髪が姿を見せる。

（なんと！　今のは⁉　こやつ仙闘技と霊剣技を……⁉）

だが、その後はすべてを躱し続ける纏蔵。

そして、いつまでも続くかと思われた祐人の死の舞が止まる。

「どうだ、爺ちゃん！　あきらめて帰る気になったか！」

「ふん！　その程度で息を荒らげるな、未熟者が」

「やっぱり、正面からだと爺ちゃんを倒すのは不可能か」

「お？　ようやく分かったか、不肖の孫よ。ではの、お前が降参せい。儂はこの大祭で幸せになるからの、ほっほほっほ――」

〝ピピピピ！〟

すると祐人たちから離れた場所で電子音がなった。

纏蔵は何じゃ？　と首を傾げる。

「ふふふ、僕が爺ちゃんを相手に何にも策を講じてないとでも思った？」

祐人は背後にある岩の後ろの下の辺りに手を突っ込むと携帯電話を取り出した。

「なんじゃ、お前、そんなところに携帯電話を隠して……言われてみれば、妙に前に出てきたのう、それを傷つけないためか」

「そう！　そして！　これは道場に向かった茉莉ちゃんたちからの連絡だ」

「……？」

祐人は意地の悪い顔でニヤリと笑い、纏蔵はマスクの下で訝し気な顔をする。

「爺ちゃん、僕は知っているんだよ。爺ちゃんが命より大事にしているコレクションのありかを」

「な⁉　お、お前……まさか」

「そのまさかだよ！　あの台所の床の下にある、いかがわしいコレクションは今、僕の手に落ちた！　この意味が分かるよね、爺ちゃん！」

「ななな、祐人！　あああ、あれは儂がコツコツと血のにじむような努力で集めたのじゃぞ！　老人のささやかな楽しみを奪う気か！」

「もう遅い、ジジイ！　降参しろ！　さもなくばあの写真集及び変な店のサービス券、連絡先の入った大量の名刺！　それと口にできないもん！　すべて焼き捨てる！」

「馬鹿ものぉぉ！　あれは儂の若さの秘密なのじゃ！　いや、そうじゃ！　お、おまえ茉莉ちゃんはまずい！　まずいのじゃ！」

「は？　茉莉ちゃんが？　何で？」

「そ、それはの、そのー」

「なんだか分からないけど早く言え！　そうだ、降参しろ！　降参すれば一悟に言ってそのままにしてやる！」

「ぐぐ、しかしＪＫ妻の、はい、あーん、が……」

「電話するぞ」

「わ、分かった！　降参するのじゃ！　だから早く茉莉ちゃんを止めてくれ！　あそこには隠し撮りした写真が」

「は？　隠し撮り？　ハッ！　あ、あんたまさか茉莉ちゃんを」

「いや、待て！　犯罪的なものはないぞ！　ただの、こう、時折見せる色気がの、その奇跡の瞬間をカメラに収められたら良いな、と思っただけで、その……」

　自分の祖父の所業が何となく伝わってきた祐人は顔を青ざめさせる。

「こぉのアホ爺！　覗き犯罪者のあんたの話など何の説得力もないわ！　それしてもなんて馬鹿なことを！　あぁあ、よりによって茉莉ちゃんって、バレたら爺ちゃん殺されるぞ！いや、それで済めばいい。最悪の場合、僕にも怒りの余波が!?」

　顔色が真っ青な祐人と纏蔵はガクガクと震えている。

ピピピピ！

そこに電子音が再び鳴った。ビクッと二人は背筋を伸ばす。

携帯の画面には発信者、白澤茉莉と映し出されている。

「「……」」

携帯電話を恐ろし気に見つめる堂杜家の二人の男。

まさか祐人も纏蔵のコレクションが、ここまでの大惨事になる可能性を秘めているとは思わなかった。

だが、この着信を無視するわけにはいかない。

祐人はゴクリと息を飲み、意を決して携帯に出る。

目の前に涙目に震える憐れな老人がいる。

マスク付きだが。

「あ……もしもし、茉莉ちゃん」

〝祐人！　大変なの！〟

「ま、茉莉ちゃん落ち着いて！　僕はその存在を知らなかったから！　全部、うちのジジイ単独の犯行で」

〝何を言っているのよ！　そうじゃないの！　今、ガストンさんから連絡があって〟

「……え？　ガストンから!?　なんで茉莉ちゃんに！」

茉莉から出た思わぬ名前に驚き、さらには自分が大祭参加中と知りながらのタイミングでガストンが茉莉に直接電話したことに祐人は嫌な予感がする。

そして、ガストンから受けたという伝言を聞いていくと表情を硬化させていった。

「ジュリアン・ナイトなんていう人物は存在しない？」

直後、第2試合会場から凄まじい衝撃波が参加者であろう人物の断末魔の声をかき消し、祐人たちのもとまで吹き荒れた。

第6章　戦いの狼煙

「こ、この力は!?」

咄嗟に腕で衝撃風から顔を庇いつつ、祐人はこの風の発生源の方向に視線を向ける。

「ふむ、誰か死んだのう。嫁探しの祭で命を落とそうとは、まあ、それも本望であるのなら良き人生と言えるのかの」

纏蔵の言うことは祐人にも分かっていた。たった今、生命の源の氣を失った者がいる。

「いや、爺ちゃん、この相手を殺した奴は嫁なんか探してなんかいない」

「ほう、確かにただならぬ殺気が静まっていないのう。まるで殺したらぬ、と言っているようじゃ」

「こいつの目的はただの混乱。四天寺家を潰しに来ただけだ。爺ちゃん、僕はちょっと仕事をしてくる」

祐人は再び携帯を耳にやる。

「茉莉ちゃん、すぐにマリオンさんたちと瑞穂さんにさっきの内容を連絡して。この殺気と力の波動はもう大祭なんて状態じゃなくなる。一悟やニイナさんには避難するように、瑞穂さんには四天寺家の動員をお願いして！」

そう伝えると携帯を切った祐人はすぐに走り出した。

向かう先はいまだに殺気を放ち続けるジュリアン・ナイトの元へだ。

その場に残された纏蔵はマスクをとり両眉の間に僅かな皺を作る。

「ふむ、本当にそやつらの目的は混乱だけかのう」

纏蔵は立派に蓄えた顎鬚を撫でた。

「それにしても祐人はまだまだ未熟者じゃ。儂の年齢を責めるのなら他にもそれを責めなくてはならんのが何人もおったぞい。あのジュリアンとかいう者を至近で確認しておいて見た目通りではないことも分からなかったとはのう」

仙道のマスタークラス、仙人と呼ばれる者たちには一際の幻術、幻覚等の術は通用しない。

それは視覚を通してこの世を見るのではなく、仙氣と中庸の魂を通して存在を知覚しているからだ。

あるがままをあるがままに感じ、見て、自分自身もあるがままのこの世界を受け入れる。

つまり仙人には不自然なものが最初から見えていない。そもそもすべて自然しか見ていないのだ。それ故に、この世界の理を誰よりも知っている。

「祐人も仙道の頂を垣間見ることはまだまだ先かのう」

そう呟いたところで纏蔵は苦笑いをし、堂杜の二代前の当主、剣蔵の顔を思い浮かべた。

纏蔵が知る限り、剣蔵は堂杜の歴代当主のなかでも群を抜いて変わった人物であったと覚えている。

三仙の自分に妙に絡んでくることが多く、その内容は堂杜と仙界の契約という範疇を遥かに超えて日常の些細なことまで連絡をよこした。

纏蔵は堂杜初代と出会い、長らく堂杜を見守り続けていたが、それは三仙として緊急事態に際してのみ仙界からしばしば出向いてくるものであった。

ところが剣蔵が当主になってからは頻繁に顔を出すようになり、時には喧嘩もしたことがある。

(三仙ともあろうものがのう。あいつを前にすると何故か楽しくてのう)

その後、若くして剣蔵はこの世を去った。

最後の最後まで仙人の自分を友人として扱い、そしてその死際に当時まだ幼かった祐人の父である遼一を頼む、と言い残した。

数日後、突然、三仙の一人である纏蔵が仙界から下界に降りてしまった。

そしてこの日から纏蔵は堂杜を名乗り、遼一が一人前になるまでとしたり顔で堂杜の家に住み着いたのだった。

これには仙界もひっくり返り、数々の道士が帰って来るように懇願に来たが纏蔵はニヘラと笑い、逃げてしまう。

「高だってこっちにおるではないか。しかも学校まで作っておるのじゃ！　わしだって少しくらい下界に関わってもよかろうよ。しかも堂杜のためじゃしの」

と言い放つも結局、纏蔵は遼一が一人前になった今でも堂杜の家におり、祐人の祖父として存在している。

「祐人は堂杜の嫡男じゃったな、剣蔵。堂杜の霊剣師として大成しておるのならば良いか。思い起こせば儂も今は堂杜じゃ。どれ、ちょいと見てくるかの。何といっても暇じゃしの」

纏蔵は再びマスクを被るとその場から姿を消した。

◆

マリオンは観覧席で携帯電話片手に顔色を変えた。

それは参加者の一人が命を落とした試合の結果を見たためというばかりではない。

今、茉莉から衝撃的な内容の連絡を受けたのだ。

(あのジュリアンっていう人は存在しない人間⁉ ここまで届くほどのピリピリした霊力。あの人、まだ何かやる気です)

マリオンは鳥肌のたった自身の腕に視線を送る。

そしてもう一つ茉莉の話に気になる点があった。

(茉莉さんの言っていたガストンさんって、まさか)

だがそれは無理やり引っ込めて、すぐにニイナと静香に声をかけた。

「ニイナさん! 静香さん! 早くこの場から離れましょう!」

ニイナと静香はマリオンの剣幕に驚く。

「え⁉ どうしたの、マリオンさん。茉莉さんから何て言われたんですか?」

「ニイナさん、敵です! 本当に来ました。あの第2試合のジュリアン・ナイトという人物がそれです。朱音さんが言っていた通り、四天寺の混乱を目的に参加者を装って来たみたいです。今からここを戦場にするつもりなのは間違いないです!」

マリオンは立ち上がり、ニイナたちを四天寺家の外へ行くように促した。

「早く行きましょう! 私についてきてください。嫌な予感がします」

「はい! 静香さん行きましょう。一般人の私たちなんかひとたまりもないです」

「う、うん、分かった！」

ニイナと静香はマリオンを先頭に移動を開始する。

マリオンは観覧席から離れると振り返り、大型モニターに映るジュリアンを見た。

その姿は異様だ。

顔は屈託のない爽やかな笑顔をしている。

だがその顔は対戦相手の返り血でべったりと染められ、好戦的で圧倒的な霊圧が遠く離れたここまで届いている。

(なんていう圧力。ここにいるだけで息が詰まりそうです)

マリオンたちが去った観覧席の能力者たちも違和感を覚え始めたようで一様に緊張した表情を見せている。

「お、おい、なんだよ、あいつ！　一撃で相手を殺した挙句にこっちに！」

「ああ、この霊圧はまるで俺たちも狙っているような」

「相手の血を見て狂っちまったんじゃねーだろうな。あいつ、人ひとり殺して、にこやかにしてやがるぞ」

マリオンは険しい表情でニイナたちを促し、四天寺家の正門へ続く道へ急いだ。

途中、付近を警戒していた四天寺家の人間に出会い、事情を説明してニイナたちを外に避難させるようにお願いした。

「分かりました。マリオン様」

「瑞穂さんにも同じ連絡がいっているとは思いますが念のため今の内容を全員に伝えてください！　あとすみません、私は戻ります！」

「え⁉　マリオンさん！」

「私は大丈夫です。二人は外に出て茉莉さんや一悟さんと合流してください」

四天寺家の者は手早く無線でこの緊急事態を運営本部に報告し、ニイナたちには敷地外に連れていくための車を用意してくれた。

「さ、お二方はこちらへ！」

四天寺家の人たちに促されてニイナと静香は車に乗り込むと心配そうにマリオンに顔を向ける。

「マリオンさん、気をつけてください！」

「マリオンさん……」

「私は大丈夫ですから。瑞穂さんたちだって問題ないです。四天寺家の敷地内で敵もいつまでも好きには動けないと思います。おそらく最初から、ある程度したら逃げる算段をしているると思います。ですが万が一があるので二人は早く避難してください」

マリオンは心配する二人に笑顔でそう言うとニイナと静香は頷き、車は動き出した。

脱出する車を見届け、マリオンはすぐに瑞穂の元へ走り出す。

（今の私には分かります。この相手はとてつもなく強い！　でも、こちらには戦力がそろっています。大丈夫だとは思うのですが……え!?　あれは！）

マリオンに戦慄が走る。

先ほどまでマリオンたちがいた観覧席からジュリアンに勝るとも劣らない霊力の持ち主たちが忽然と現れたのが伝わってきた。

神に仕えるエクソシストのマリオンはその霊力に含まれる悪意に敏感に反応する。

（こんなものはさっきまでまったく感じなかったのに!?　一体、何が起こっているの!?）

顔色を変えて走るスピードを上げると段々と観覧席から混乱した叫び声が耳に入ってくる。その観覧席のすぐ近くには瑞穂たちのいる主催者席があるのだ。

「そんな！　祐人さん、瑞穂さんが！」

◆

「あはは、もうちょっと楽しんでからって思ってたけど始めちゃったねぇ！　うん、いいよ、いいよ、好きに暴れちゃって。ロキアルムの分までやっちゃおうか。そしたらスルトの剣も再建しよう。僕が作ったスルトの剣をロキアルムに譲って百年で壊されたからねぇ。きっと御仁もその方が喜ぶだろうし」

無邪気に高笑いするジュリアンはナイト家に伝わる神剣ダンシングソードをまじまじと見つめる。

「やっぱりこの剣はすごい。想像以上だ。『勝利の剣』のレプリカと聞いているけどとてもレプリカとは思えないよ」

喜ぶジュリアンはダンシングソードを片手に歩き始める。

「ラグナロクで巨人スルトに倒された豊穣神フレイの神剣。そのレプリカがスルトの剣を作った僕の手にあるというのはいいねぇ。因縁を感じるよ」

ジュリアンの表情から笑顔は消えた。

垂れていた目尻は吊り上がり、上がっていた口角はより鋭いものに変わっている。

「ククク、四天寺の糞どもが。百年前の能力者大戦でのてめえらの忌まわしい顔は今でも覚えてんだよ。世代は変わってんだろうが、その落とし前をここでつけるぞ。スルトの剣の顔に二度も泥を塗りやがった、てめえらの壊滅で反撃の狼煙としてやる！　堂杜祐人、マリオン・ミア・シュリアン、その片棒担いだてめえらも同罪だ！」

第7章　入家の大祭の真実

今、観覧席は混乱の坩堝と化していた。

突如、何者かの霊圧のみで何人もの人間が吹き飛ばされたのだ。

すでに入家の大祭で敗北をしたとはいえ観覧席にいたのほとんどの人間が能力者である。

今、とんでもない異常事態が発生していることを理解した。

「おいおいおい！　何だよ！　何だよ！　何が起きてんだよ!?」

「何だか分からねーが、やべーぞ！　どうする？」

「馬鹿！　これは襲撃されてんだよ、あの四天寺が！　逃げるに決まってんだろ！　お前もこの霊圧を感じてるだろう!?　こいつらはとんでもねーぞ！」

どういう連中かは分からないが四天寺家に喧嘩を売るような連中である。四天寺のことを少しでも知っていれば、このような暴挙は普通の者であれば考えもしないだろう。

もしそのような企てをするのであればよほどの用意周到な計画があるか、己の力に自信がある者たちか、もしくはその両方であろう。

つまりどちらにせよ、まともな連中ではないことは間違いない。

観覧者たちは必死の形相でまとまりなく、その場から離れようと動き出す。

すると観覧席を抜け出せる下り階段のところでこちらに背を向けて、立ち止まっている者がいた。

「おい！　邪魔だ、兄ちゃん！　そこをどけ！」

この場から逃亡をするために先頭を駆けていた人間が怒鳴り声を上げる。

そして、これがこの人間の人生最期に発した言葉となった。

頭部を失った体を残し、その場で膝をつき背後にゆっくり倒れる。

「……⁉」

その後ろを走っていた人間たちが急ブレーキをかけて立ちどまり、数人は腰を抜かしてその場に尻餅をついてしまう。

「うーん？　今、話しかけられたと思ったんだが誰もいねーな。誰だ、俺を気安く兄ちゃん、なんて呼んだ奴は」

中肉中背、黒髪を立てた目の細い男が気の抜けた声を上げ、血の滴る曲線の剣を片手に振り返った。

それは剣を振る前に聞くべきだろう、とは誰も言えなかった。

たった今、人一人葬ったにもかかわらず、まるで街中で声をかけられたぐらいの様子で話しているのが異様にしか見えない。

「まあ、いいか。見つけたら殺すしな。さーて、おっぱじめるぞ。といってもどれが四天寺か分からねーからな。しゃーない、片っ端からいくか」

美しい装飾の施された剣を持つ右手を横に薙ぎ、こびりついた血を振り払うと四天寺家敷地内の各所で凄まじい霊力を内包した能力者たちが無差別に暴れだした。

「何ですって⁉　それは本当ですか⁉　分かりました！　順次、隊を組んで対応してください！」

明良が顔色を変えて耳から携帯を放した時とこの異常事態が発生したのが同時だった。

明良は上段に位置する主催者席から眼下の光景を目の当たりにする。

「こ、これは襲撃です！　朱音様、瑞穂様、すぐにこちらへ！」

慌てる明良が振り返りざまに四天寺家の重鎮たちに報告をする。

だが、誰も微動だにしない。

顔色すら変えずその場に静かに座っている。

瑞穂だけは驚きの表情が見えたが、それ以外の人間たちはまるでどこ吹く風、朱音にいたっては平然とお茶に手を付けている。

「……!?」

自分と周囲のトーンの違いに明良が呆然とすると左馬之助が口を開いた。

「まあ、座れ、明良」

「し、しかし朱音様と瑞穂様を避難させなければ」

「いいから座れと言っている」

明良は何を呑気なことを、と思うがここでは上役の左馬之助に渋々と従う。

「さて、始まったか」

「ええ、そうですね」

「毅成様は?」

「裏で休んでいるので何かあれば呼べ、とのことです」

「そうか、ではまだ休んでいていただこうか」

左馬之助と早雲が話しているその姿はまるで日常そのものだ。

さすがにしびれを切らした明良は祖父である左馬之助に差し迫った表情を向ける。

すると、それを制するように左馬之助が明良に手のひらを向けた。

「明良、お前はまだ分かっておらんな。ここをどこだと思っておるのだ。ここは四天寺だぞ」

「え？」

「もう一度言う、ここは四天寺だ。それで我らがどこに行こうというのだ。招いた客には最上のおもてなしを、招かざる客にはそれなりの応対をすればよい」

「ふふふ、明良君は成長しましたね。四天寺にはなくてはならない存在にです」

　横から笑みを浮かべた早雲が口を挟むと左馬之助は苦笑い気味に応じる。

「早雲、そうやってうちの孫を甘やかすのはよせ。だがこやつの四天寺への忠誠心は本物だな、儂も良い孫をもったわ」

「何を言ってるのです！　お爺……左馬之助様！　今はそんなことを」

「まあ、聞け。お前は立派に成長したが二つほど思い違いをしているぞ」

「それは何でしょうか？」

「一つ目はな、お前が一番知っているはずの四天寺をお前自身が分かっておらぬ。何故に四天寺が四天寺であることを、な。朱音様、毅成様がここにおる。そして瑞穂様もな。約千年前に日の本において大勢力を誇った精霊使いの家系、神前家、大峰家が四天寺に降り、四天寺直系から当主を迎えることで分家になったのは何故だ？」

　この四天寺家の歴史は当然、明良も知っている。というよりこの四天寺においてこの話を知らぬ者はいない。

「それはな、四天寺こそが頂点と思い知ったからよ！　この四天の精霊を支配するのは四天寺。それをお前は再確認しろ。頭では知っていただろうが今日、その魂に刻み込むのだ。お前が仕える四天寺がいかなるものか」

明良は息を飲んだ。

この静かな言葉の中にある重圧を明良は感じ取ったのだ。

「それとな、もう一つのお前の思い違いだが、それはこの入家の大祭のことよ」

「それは？」

「入家の儀式に何故、祭、などという言葉が入るのか、考えなかったのか。これはな宗教的な儀式の意味ではないぞ。四天寺に精霊以外に敬う存在はないからな。この〝祭〟の意味は現在よく使われているお祭りの〝祭り〟のことよ」

「そうですね、四天寺はこう見えて開放的な家なのですよ。秘事といっておきながら広く参加者を集うなんて、まったく四天寺の先代たちの懐の深さには驚きます。お祭りは皆で楽しみませんとお祭りにはならないとは、ね。しかも自分たちに敵が多いこともよく知っておられた」

早雲がクスクスと笑いだす。

「……！」

明良がここで目を大きく見開いた。

それはようやくこの入家の大祭なるものの正体が分かってきたからだ。

「ま、まさか、入家の大祭とは」

「おっと、また勘違いするなよ、明良。入家の儀式も本当なのだ。実際、素晴らしい資質を持った婿殿も来てくれたしな。ただな、四天寺が何もしていなくても何故か敵は増えていくのだ、困ったことにな。だったら、だ。定期的に集めて数を減らしておくか、と考えたのだよ、ついでにな。敵さんも我らの懐に入れるのだ、これを好機と思わんわけがないだろう？」

「な、何という、それではまったく秘事などでは」

「明良君、秘事と言っているのはこの大祭の結果のことですよ」

「それはどういうことでしょうか、早雲様」

「四天寺はこの入家の大祭の度に必ずやって来る襲撃者を叩きのめしてきました。完膚なきまでにね。それで、です。この話が広まってしまうのを極力、避けてきたということです。この話が有名になって語り継がれてしまってはいつの日か再び入家の大祭を開催する時、誰も参加してもらえないではないですか。主に我らに悪意をもった人たちが」

笑みを絶やさない早雲に愕然とする明良。

「ですが朱音様は襲撃を受けたことがあるというのは、すべて嘘（うそ）だと」

明良は別荘（べっそう）で祐人（ひろと）たちに話した作り話を思い出し、茶菓子（ちゃがし）に手を伸ばしている朱音に顔を向ける。

「あら、明良。私はそんなことは言っていませんよ。私が全部嘘、と言ったのは四天寺家の娘（むすめ）が害された、という話です。四天寺の直系がそのような目にあったことはないですからね」

「なな……！」

何事もない顔で語る朱音に明良は顔を引き攣（つ）らせる。

「それにな、さすがに無策でこれを待っているわけではないのだ、明良。手も打ってある。考えてもみよ、実際、お前が推（お）している婿殿も来ている。ここで派手に四天寺のために戦ってくれるのだぞ。どう考えても内外に堂杜（どうもり）祐人、もとい婿殿は四天寺の親派であることが伝わるだろうよ。もし婿殿が有名になっても、これを知って婿殿にちょっかいを出してくる連中は減るというものだ」

「そ、それが本当の狙い」

「いや、ピンと来たのは朱音様が自ら招いたこととあの婿殿の恐（おそ）るべき実力を知ってからだがな。それと実は他にもおる。こちらは婿（むこ）候補ではないが例えるなら盟友関係をアピールするため、か」

「他にも我々の仲間がいるのですか⁉」

「はい、アメリカ支部の支部長さんにはよくしてもらってますね。これからもこの関係は崩したくはないものです。しかもこちらは予定外ですが剣聖も来ています。日紗枝も中々、よい仕事をしてくれるものです」

「それはまさかだったが、その通りだな、早雲」

「ええ」

「な、なんという。ではダグラス・ガンズ殿も」

「明良、四天寺にいるということはこういうことだ。もちろん我らも矛となり盾となり戦う。だが場当たり的に力を振るう猪武者ではないのだ。どうだ、理解したか」

「は、はい」

明良は頭を下げた。

この時、大先輩でもあり四天寺分家の当主という重責を担う左馬之助と早雲に尊敬の念が上塗りされたのだった。

「うむ、そうはいえども想定外もあり得る。四天寺家だけではない。婿殿に万が一があっても困るのでな。明良、この不逞の輩に思い知らせてやろう、四天寺と敵対することがどういうことか、をな」

「承知いたしました！」

明良は表情を引き締めながら全身に気をみなぎらせた。

◆

祐人は各所から複数の邪気を含んだ霊力を吹き上がらせている能力者たちの存在を感じ取っていた。

（こいつらは殺気を隠す気もないんだな）

しかもどれも侮れない実力の持ち主ということは分かる。

（ガストンの情報から考えれば、この連中の頭はあのジュリアンの可能性が高い。頭を抑えれば他は何とかなるはず）

瑞穂のいる方向からも霊圧を感じ取ってはいたがジュリアンの方が近い。

（心配だけど四天寺がそう簡単にやられるはずがない。瑞穂さんの周りは実力者で固められているしマリオンさんもいる。守りに徹すればマリオンさんはそう簡単な相手ではない。だったら、この先にいるジュリアンを叩けばいい）

祐人は第2試合会場の敷地に入り込み、木々の間を蹴り、池の水面の上でも沈まぬスピードで走り抜ける。

（ジュリアンが移動をやめた？　僕を待ち受ける気か！）

祐人がひときわ大きな杉の木の幹を蹴り、空高く跳躍する。

すると眼下に広がる日本庭園の真ん中にただならぬ存在感を放つ一振りの剣を握った少年の姿を確認した。

「やあ、来たか。祐人君」

ジュリアンの十数メートル手前に着地した祐人は若干の驚きを覚えつつも、すぐに冷静になり眉間に力が入る。

今、祐人の前にいるジュリアンはいつものにこやかな表情ではない。

薄暗くこちらを睥睨し、殺気を含んだ三白眼がその内面を物語っているかのようだ。

「それが、君の本当の顔ってことか。なるほどね、嫌な顔をしている」

「はあ？　いきなり来て人の顔にいちゃもんかい？　調子に乗ってるね、祐人君！　この僕を誰だと思ってるんだい？」

言うやジュリアンは右足を踏み込むとロケットのように疾走し、瞬時に祐人の一足一刀の間合いに入り込む。

祐人には突如、眼前に姿を現したジュリアンが上段から剣を振り下ろすのが見える。

甲高い金属音が鳴り響く。

「何⁉」

ジュリアンは自分の神剣が弾かれたことに驚きの表情を見せた。

ジュリアンの剣は祐人の倚白によって右側面に弾かれ、それによって身体の重心が傾き、左足が地から離れそうになる。

「クッ」

目を見開いたジュリアンは祐人の追撃を恐れるように瞬時にその場から跳び退いた。

祐人は表情を変えずにジュリアンに近づく。

「君は……あんたは何者だ、ジュリアン。四天寺に恨みはあるんだろうが、それだけじゃないんだろう」

祐人の言いようにピクッとジュリアンは眉を動かす。

「へー、面白いことを言うね、祐人君は」

「あんたはスルトの剣や伯爵に連なる人間か？　ということは見た目通りの年齢じゃないね」

「一体、何のことを言っているやら、と言いたいけど、ふふふ、何故、そんなことを僕に聞くんだい？」

「あんたが自分を誰だと思ってる、と言うから聞いたんだよ」

祐人はすっと視線を鋭いものにして倚白の切っ先をジュリアンに向ける。

「最近、僕は考えていることがあった。ここのところ僕と戦うことになった連中はそれぞれにやり方や考えは違うようだけど、どうやらやろうとしていることは同じ。互いに同じ目的をもって行動しているのでは、ってね。それでいてその目的、もしくは手段かな？　それは僕個人としても見過ごすことのできないものだとね」

「個人として？」

妙な言い回しにジュリアンは片眉を上げる。だが祐人はそれを無視して話を続けた。

「ヒントはあった。僕はこんな連中と立て続けに相対している。どいつも危険な連中だった。そして一致して機関の失墜を狙っていた。これは本当にただの偶然か？　それとも裏ではこいつらは繋がっていて想像以上に勢力を伸ばしていて、実はそこかしこに存在し、すでに表に出ようというところまで動いているのか、とね」

「何を言うかと思えば！　あーはっはー！　随分と逞しい想像力だねぇ。たったそれだけでそこまで考えるとはね」

「まだある」

「へー、他にもあるってのかい？」

「まあ、これが一番信用に足るんだよ。これは昔からで僕もそういう運命なんだと諦めてるんだけどね」

祐人が一瞬、苦笑いを見せたと思った途端、祐人から凄まじい仙闘気が吹き上がる。

「ム！」

祐人の闘気が倚白の先端まで包み込み、その力の片鱗にジュリアンの顔から笑みが消し飛んだ。

ジュリアンは能力者大戦以来、久しく忘れていたヒリヒリした戦いの空気を感じ取る。

ラウンジで受けた気迫の比ではない。

いや、そういった類のものですらない。

祐人から放たれるこの圧迫感は百戦錬磨の達人のみが身につける凄み、戦場において数万同士の乱戦の中でも否応なく感じ取ってしまうだろう存在感。

（これは……だがこいつはたかが四天寺の腰巾着のはず）

ジュリアンは再び余裕の表情を見せ、だが体中に警戒音を鳴り響かせながら祐人の言葉を促す。

「フフ、で、その祐人君の一番、信用のある想像を教えておくれよ」

「巻き込まれ体質なんだよ、僕は」

「は？」

「僕はいつもとんでもないことに巻き込まれるんだよ、昔からね。特にあんたたちのような馬鹿げた連中に。認めたくはないけど、どうやら生まれつき僕には受難がつきまとう。それでね、分かるんだよ。ここ最近、僕の周りで起きたことはそれぞれの独立した事柄じゃない。それらはまとまっている一つの流れ。それで僕は今も巻き込まれ続けているんだってね」

「あははは！　何だい、それは。何を言うかと思えば随分と馬鹿馬鹿しいね！　何の理屈も証拠もなく、僕をその変な連中の仲間だって言うのかい？　聞いて損したよ」

ジュリアンは祐人が真剣に語る内容に呆気に取られ、そして嘲笑う。

「まあ、いいよ。祐人君の言うことにも正解はある。僕が四天寺が嫌いなことと祐人君にはこれから想像を絶する受難が待ち受けている、というところはね！」

ジュリアンは眉間に皺をよせ、神剣【勝利の剣】のレプリカであるダンシングソードを上段に構える。

それに対し祐人はジュリアンに向けている倚白を両手で握り正眼に構えた。

「証拠はないけど理屈ならある」

「僕は落ちこぼれだけど霊剣師の端くれ。だからよく分かる。ジュリアン、今のあんたの体からは霊力とともに妖気が漏れ出しているのが！」

「へー」

祐人はそう言い終わらぬうちに踏み込む。

「!?」

瞬時に一刀の間合いに侵入してきた祐人に対してジュリアンは退かずにダンシングソードを振り下ろした。

二人の振るう剣のスピードは大気を切り裂き、巻き起こる突風は周囲の木々を傾け、庭園の池の水が大きな波を作る。

互いの剣は僅かに触れ合うと軌道を変え、互いの体にヒットせずにすり抜けた。

この時、自らの剣の勢いでジュリアンの身体がほんの僅かに流れるのを祐人は見逃さなかった。

祐人は振り下ろした倚白の刃を上方に向け、澱みない軌道で下段から倚白を神速で振り上げる。

殺った、と祐人の皮膚が感じ取った。

初撃の剣速はほぼ変わらない。

だがこの一瞬の衝突だけでジュリアンの剣技は祐人の後塵を拝すことが剣を握る者ならば分かるものだった。

下方から倚白がジュリアンの胸、顎、頭部を通り抜けようとしたその時、祐人は目を大きく開く。

「む！」

ジュリアンの剣が胸の前に忽然と現れ……いや、祐人の目からそう見えた。

倚白はジュリアンの剣に受け止められ二刀の剣から火花が散る。

（今、どこから剣が出てきた⁉　どうやってジュリアンは不完全な体勢で僕の倚白を受け止められた⁉）

祐人の戦闘における予測ではジュリアンの生死を分かつ一撃だったはずだった。

だが実際には倚白は受け止められている。

祐人の視線とジュリアンの薄暗い視線が至近で重なる。

ジュリアンが徐々に口角を上げ、その目には余裕をうかがわせる光が内包されていた。

「はあぁ！」

祐人は互いの重なる剣を力で押し込み、そのままジュリアンの剣をかち上げる。

体全体をバネのように使い、全身の力が無駄なく集約されたその押し込みにジュリアンの上体が仰け反った。

祐人の瞳に勝機が見える。

祐人の戦闘脳が瞬時に次のジュリアンの動きの予測をし、それと同時に数通りの次撃の組み立てが成る。

体は考えるよりも速く反応し、ジュリアンを葬るまでの道筋を寸分たがわずに実現させようと動いた。祐人は豹のように体を沈めた姿勢で踏み込み、仰け反ったジュリアンの胴体へ狙いを定めている。

横一閃。

ジュリアンが体勢を整える間もあろうはずのない速度、それでいて激流のような破壊力を持つ鍔刀が襲い掛かった。

直後、高音量の金属音が鳴り響く。

ジュリアンから上半身を奪うはずの倚白がジュリアンの持つ剣によって阻まれた。

「なっ⁉」

再び祐人の目が見開く。

この流れで倚白を受け止められたことに驚いたのもある。

だが、祐人の驚きの本質はそこではない。

それはジュリアンが倚白を受けとめる過程だ。

祐人の十分な体勢から繰り出された必殺の剣撃だった。

それに対しジュリアンが不十分で頼りない姿勢で止めてみせたことが信じられないのだ。

ジュリアンは祐人の右からの一閃に体を仰け反らせ足が地から離れかけている状態で、剣を背後から回し下段から倚白を止めた。

しかも、片手で、だ。

瞬間、祐人は後ろに跳び退いた。

圧倒的に攻めていたのは祐人だ。

そのはずだったがジュリアンとの二度の衝突後、祐人の戦闘の勘が距離をとらせることを選択した。

「へー、よく後ろにさがることを選択したね。ちょっと驚いたよ」

(それにさっき霊剣師だと言ったね。妙だな、情報では天然能力者という話ではなかったか？　それに霊剣師らしいスキルは見せていないどころか近接戦闘特化のインファイターだ。ブラフか？)

身体が仰け反ったまま上空に顔を向けているジュリアンが徐々に上体を前に戻す。

「ふふん、普通の奴だったら、そのままごり押ししてくるのに。惜しいなぁ、次くらいには状況も分からないまま痛みも感じずに逝けたんじゃないかな。絶好のチャンスを逃したかもしれないよ？　祐人君」

祐人は相反身にジュリアンを睨む。

「その剣か」

「うん？　分かっちゃうんだぁ。あはは、凄いなぁ、祐人君は。ちょっと驚いたよ。四天寺に媚を売って実績を上げてきただけかと思ったけどそれだけじゃないみたいだ」

ふふん、と鼻を鳴らしてジュリアンはダンシングソードを下ろし、ゆっくりと祐人との距離を詰めてくる。

「もったいない、もったいないなぁ。こんな面白い祐人君を殺さなくちゃならなくなったんだもんなぁ。嫌だなぁ。でもまあ仕方ないか。これは祐人君が悪いんだよ？　ククク」

「ふざけんな。どうせ全部、殺る気だったんだろう」

するとジュリアンから表情が消え全身から凄まじい霊力が湧き出してくる。

祐人はジュリアンを睨み倚白を構えた。

ジュリアンから泉のように湧き出るざらりとした霊力に触れて祐人の腕に鳥肌がたつ。

そして笑みが消えたジュリアンは口調まで別人のように変わった。

「はーん？　小僧が！　口の利き方がなってねーぞ！　てめえにそんな価値があると思っ

てんじゃねー、クズが！　どうせ殺すが俺の妖気に気づいた時点でてめえが死ぬのは今って決まったんだよ」

瞳孔が開き唾を飛ばしながら怒鳴りだす。

「てめえごとき劣等が調子に乗りやがって。四天寺に手をまわして実力より下のランクDに落ち着けたってのは予想がついてんだよ。実力よりも下と思わせて相手を油断させようって腹か？　この糞が。それで周囲の注目を外して四天寺の犬として動いてたんだろ。だが残念だったな！　てめえの闇夜之豹壊滅のご活躍とやらで、その実力は機関様の定めるランクで言えばAからAA辺りってのは察しがついてんだよ」

ジュリアンは威圧するように近づいてくるが祐人は表情を変えずその姿を見据えている。

「それで何か？　それだけの実力があればこの俺に勝てるってか⁉　面白すぎて笑えねーぞ！」

途端にジュリアンの霊力を上塗りするようにどす黒い気配が漂いだした。

「もう妖気を隠す気もないんだな、あんた」

「どうせ死ぬ奴に何を隠せってんだよ、低能がさえずんな。ああ、そうだ、いいことを教えてやる。てめえが忠誠を誓ってる四天寺のこの敷地内にはなぁ、うちの連中が四人程、来てんぞ。気づきもしなかっただろう。あいつらは俺より妖気の隠し方が上手いからな」

「四人⁉」

（二つの気配は感じていた。じゃあもう二人はどこに⁉　ハッ、向こうか！）

祐人が四天寺敷地内に広がる日本庭園の奥にある参加者たちが宿泊した屋敷近くの方向へ顔を向けた。

「は！　いい表情だ！　言っておくが実力もお察しだ！　闇夜之豹のカスどもと一緒にすんなよ。なら、もう一つ教えてやる。うち二人はな」

ジュリアンが剣を自分の目線の高さに合わせ祐人を睨む。

「この神剣、勝利の剣のレプリカ、ダンシングソードと同等の神剣のレプリカ持ちだ」

「神剣のレプリカ⁉」

祐人の顔色が変わる。

神剣とは神話の時代に扱われた兵器だ。

一般人には神剣など架空の存在と考えられているがそれは違う。特に能力者の世界では実在していたことについてはさほど疑問には思わない。

実際、剣聖アルフレッドは本物を所持していると言われている。ただし神剣は所持するのに資格を問われるのだ。そういう意味で神剣を手にすることは奇跡に近い。

ただし、神剣の力は絶大である。たとえレプリカといえど神剣を模して完成させること自体、到底成しえることは難しい。失敗すれば製作者の命はないだろう。

（さっきの剣技は剣のみの力で僕を押し退けたのか！）

このレベルの武器を持った連中が各所で暴れまわれば四天寺といえども混乱は免れない。

ジュリアン以外にも二人の襲撃者の存在には気づいていた。

ただもっとも霊圧の強いジュリアンをボスと判断し、ジュリアンさえ何とかすれば場合によっては他の仲間もこちらに引き付けられると祐人は考えた。

別に敵を甘く見たわけではなかった。それよりも四天寺家の実力を評価していた結果、周りに構わずジュリアンのところへ向かったのだ。

だがジュリアンの言うことが本当ならば結果として敵の実力を低く見積もった形になったといえなくもない。

（まずい！　真っ先に瑞穂さんのところへ行くべきだった！　こいつが霊圧をまき散らしたのは陽動だったか⁉）

「ククク、分かったようだな。俺たちが警戒するのは四天寺と四天寺が隠し持っているかもしれない神獣だ。近くにいるだろうお前を誘ったのは生意気で勘違いした劣等能力者を単に粛清するためだ」

（……神獣？　こいつはミレマーでの嬌子さんたちのことを警戒しているのか。ということはスルトの剣との関係は間違いない。いや、今はとにかく瑞穂さんたちのところへ！）

祐人がその場から移動をしようと動いたその時、ジュリアンが行く先を遮る。

「おっと！　どこへ行こうってんだ？　お前はこのダンシングソードがロックオンしてんだよ。もう世界中、どこにも逃げ場はねーぞ！」

そう吐き捨てると同時にジュリアンが神剣を片手に祐人に襲い掛かった。

祐人が神剣を正面から受けずに弾く。

（クッ、重い！）

祐人の眉間に力が入る。剣の大きさ、形状からは想像できない剣圧だ。

北欧神話において勝利の剣は豊穣の神フレイの所持していた剣だ。

剣自体が自動で戦い、敵を必ず打ち払うと言われている。

止まらぬ神剣は祐人の頬を浅く切り裂くと祐人の心臓を狙った突きを繰り出す。

（逃げられない！）

祐人は見開く。

同時に祐人の臍下丹田に仙氣が練られ全身を循環する。

戦闘脳にスイッチが入り祐人の生き残るための判断力が高速回転を始めた。

魔界で数多の死線を経験してきた祐人が前に出る。

この勝利の剣のレプリカ、ダンシングソードに逃げ場などない。

であれば切り開く。

切り開かなければ死ぬ。そういう敵なのだ、この相手は。

祐人が倚白の刀身を突き出しジュリアンの突きを逸らす。倚白とダンシングソードが互いの刀身を滑らせて火花を上げる。

祐人の耳が切れ、ジュリアンの頭髪を散らすと互いの剣の鍔が激突し二人は弾かれるように跳んだ。

二人は睨み合う。

二人の後方は大砲に吹き飛ばされたかのように空間が大穴を開けていた。

ジュリアンには分かっている。

今の攻防は祐人が僅か数パーセントの生を拾ったものだ。

「チッ、さっきから気になってんだが、お前のその刀は何だ。ダンシングソードとやり合って折れもしない刀など普通じゃねーぞ。四天寺の家宝か何かか？」

「あんたに答える義務はないな」

「ぬ⁉」

「あとだ。てめえが何故、仙氣を纏っている。情報では霊力系の天然能力者だろうが。霊力はカモフラージュで正体は仙道使いってか。さすがは忌々しい四天寺だ。良い駒を持ってやがるな。報酬は何だ」

「知らないよ、そんなものは自分で調べろ」

それを聞くとジュリアンは憎々し気に髪をかき上げる。

「いや、いい。どうせ死ぬ奴の情報なんぞ、価値はねーんだからな！」

「そうかい！」

二人は再び激突し、ダンシングソードがその名の通り踊りに踊る。祐人は歯を食いしばりながら応戦し勝機を探った。

「まだまだぁ！　いつまで耐えられるんだろうなぁ！」

「クゥ！」

祐人は後退しながら超連撃に何とか対応する。

超高速の戦闘は通常の能力者では目で追うことも難しいだろう。

（体と剣の動きが一致しない⁉）

また、勝利の剣はその名にふさわしく祐人の僅かな隙を逃さず狙ってくる。

さらにはその一撃一撃が致命傷となるものだ。

一撃でも見逃せば死ぬ。

祐人は足を止めずに移動しながら猛攻を防ぐばかりだった。

◆

「さて、予想通り来たな」

四天寺の入家の大祭運営事務局はまるで予定通りだったかのような迅速さで襲撃者を迎え撃つ司令塔に移行していた。

慌てる者はいない。

まずは情報の収集と四天寺、大峰、神前、それぞれに所属する従者たちに指示を飛ばす。

この本営を預かるのは明良の父であり、左馬之助の息子である神前孝明である。

四天寺家において孝明は精霊使いとしての能力もさることながら、その高い戦術眼の持ち主として非凡な才能を発揮してきた人物である。

普段は表だった行動は控え、目立たないところに身を置いているが、それは孝明の役割が四天寺の表と裏、双方を支えることを任務としていることに起因する。

つまり表では四天寺家の外交、裏では四天寺家への悪意を持つ組織あるいは個人を特定、監視し、場合によっては能動的に対処することもある。

以前、朱音に指示されて日本に来た百眼率いる闇夜之豹を監視、襲撃の指揮をしたのもこの孝明によるものである。

今回の入家の大祭開催に際し、当然のように主幹として任命されていた。

「敵の数は？」

セットされた白髪交じりの髪に落ち着いた眼光を放つ孝明は状況を整理する。

「ジュリアン・ナイトを含めて五人です。ジュリアン・ナイト以外は観覧席に二人、大祭参加者の泊まる屋敷付近に二人です」

「ふむ、まずは観覧席にいる敵に大峰と神前のチームを送ろう。すでに混乱しているだろうが、これ以上客人たちに被害が出るのはよくない。敵の実力はまだ未知数だ。無理して突っ込むなよ、客人たちが逃げるまでの足止めができればいい」

「はい、承知しました。他のところにはどうしましょうか？」

「奴らの狙いは四天寺家の中枢だ。黙っててもこちらにやって来るだろうよ。それ以外の人員は朱音様たちのいる場所に集結させておけばいい」

「は……ですがそれでは敵を呼び込んでしまい朱音様たちに万が一が」

「大丈夫だ」

孝明は部下からの意見にきっぱりとした口調で答え笑みを見せる。

「確かにあそこは四天寺の中枢で我々が必ずや守らなければならない方々がいる。だが同時に四天寺の最高戦力がおられるところでもあることを忘れるな」

「は、はい！」

孝明の持論は戦いにおいて最も重要なものは組織力であると考えている。

四天寺家に所属している従者たちは粒ぞろいだ。その上でメンバーの特性を十二分に理解しチームとしてまとめ上げる。

そうすることで強力な個との戦いでも勝利を得られるのだ。

それ故にチーム編成に最も心を砕いた。その時点で自分の仕事の半分が終了しているとすら考えている。

だが同時にそういった孝明の持論から外れる人間たちがいる。

それは個にして圧倒的な実力と規格外の戦力として計算ができる者たち。

こういった人間たちはえてして組織に組み込むと実力を発揮できない場合がある。だからこういう人間たちには状況説明と敵情報だけを伝えておくだけでいい。

そしていつでもこれらの人間たちが戦いやすい場を提供できるようにしておくことだ。

これが四天寺家に君臨する毅成、朱音、そして瑞穂を知る孝明の戦略である。

ここで大事な存在を孝明は思い出した。

「婿殿はどうしている」

「はい、すでにジュリアン・ナイトに仕掛けたようです。今、映像でも確認できます」

すぐにモニターを通して孝明は祐人の姿を確認した。

朱音から瑞穂護衛のための依頼を受けて参加してきたことは承知済みだ。それでこの少年が依頼を真摯に遂行し襲撃の発端となったジュリアンのところへ駆け付けたことに好感を覚える。

「速いな。さすがは婿殿といったところだが恐らく襲撃者の首謀者はジュリアン・ナイトの可能性が高い。婿殿に何かあってはいけないな。ふむ、神前のチームを一隊送って援護し、婿殿を連れて一緒にこちらに引いてこさせ……な⁉」

「これは⁉　孝明様！」

孝明とその部下は一瞬、息が止まる。

というのはたった今、映像を通して祐人とジュリアンの戦闘を目の当たりにしたのだ。

二人が激突するとその衝撃波でカメラが振動し、画面が激しく揺れている。

一戦目のトーナメント戦で双方の戦いは分析している。共に若者でありながら才能豊かな能力者であることは分かっていた。

だが、この両者の激突ですぐに孝明は理解する。

この二人はそのようなレベルではない。

これは援護する部隊が足手まといになる可能性すらある規格外の能力者同士の攻防だ。

画面の揺れが徐々に収まり、さらなる攻防が繰り広げられる。二人は一つの画面には留まらない。現れては次の画面に現れる。

孝明は大きく驚きつつも徐々に頬を緩め、ついには声を上げて笑い出した。

部下たちは愉快そうにしている孝明のリアクションに眉根を寄せて見つめてしまう。

「婿殿、見事……見事な若者だ！　喜べ、このような少年が瑞穂様のおそばに来てくださるとは！」

感動した面持ちで孝明が震えた声を上げる。

「は、はい。しかし婿殿は防戦一方のようにも見えます。すぐに部隊を送って援護を」

「それは撤回だ」

「え？」

「これを見て分からないか？　婿殿にへたな援護は邪魔になるだけだぞ」

「なんと、我々でもですか！」

尊敬する孝明の評価に驚き、皆、モニターへ視線を移す。

確かに言語を絶する攻防を繰り広げている。劣勢に見える祐人ではあったがよくも持ちこたえていると皆、色をなした。

しばらくモニターを見つめた者たちは一様に同じことを考える。

この少年は誰よりも早く四天寺のために動いた。これだけの恐ろしい敵を一人で引き受けてくれたのだ。おかげでどれだけの仲間の命が助かったか想像できる。

それにここで祐人が突破されることになれば四天寺の有力婿候補を失い、さらには恐ろしい敵が四天寺の中枢に押し寄せるということだ。

それは防がなくてはならない。

加えて、この少年が未来の主人候補から消えてほしくはない。

「孝明様、婿殿が危険です！　あの敵に一人で体を張ってくれている婿殿を失うわけにはいきません」

「大丈夫だ」

「何故ですか！」

「そうです、何かしらの手を打つべきです」

「皆、落ち着け」

孝明は部外者である祐人のことで四天寺の人間たちが感情的になるのを嬉し気にたしなめる。そして画面に顔を向けて口を開いた。

「よく見ろ、あれがただ防戦をしている人間の目か?」

皆、祐人に視線を移す。凄まじい戦いだ。一挙手一投足が死に直結している。

しかし、そのような死闘の中でも祐人の眼光は衰えていない。

「し、しかし」

「ふむ、では婿殿をよく知っている明良に行ってもらうか。いや、ここはあえて瑞穂様にご出陣を願うのも面白い。あの婿殿の姿を見れば瑞穂様の心も固まるやもしれん」

「な！　孝明様、瑞穂様に前線に出てもらうなど危険です」

「いいから、朱音様に献策をしてみろ。判断は朱音様に任せればいいだろう」

「は、はい」

そういうことであれば、と指示された部下は不承不承受け入れる。

おそらく、いや確実にこの提案は撥ねられると考えている表情だ。

直後、笑みを消し、真顔になった孝明は考えを巡らせる。

祐人がジュリアン・ナイトの実力を引き出してくれたことで、それ以外の襲撃者の実力を測ることができたのだ。

祐人と戦うジュリアン・ナイトの実力も規格外。

敵としてこれほど恐ろしいことはない。

誘ったとはいえ、とんでもないものを呼び込んでいたようだ、と孝明は理解する。

もちろん当初から敵の実力を侮ることなど考えてもいない。だが、予想を超えていたのは否めない事実。であればその他の敵も同等と考えた方がいい。

「もう試合中の参加者たちも気づいているだろうが、参加者たちに大祭の中止と退避を伝えろ。それとダグラス・ガンズ殿とは連絡がつくか？」

「はい、連絡の手段は伝えてありますので可能です。風を送れば分かって頂けると思います」

「よし、すぐに助力を頼め。あとは剣聖殿などが動いてくれれば心強いのだが」

「ははは、もちろん我々も動きますよ」

突然の背後からの声に孝明は振り返る。

そこには剣聖アルフレッド・アークライトと共に神妙な表情を見せている日紗枝、そして大祭参加者であったミラージュ・海園、またトーナメント２戦目の開始直後に棄権した天道司がその背後に控えていた。

「剣聖！　それに日紗枝も」

「孝明様、アルが……剣聖が動いてくださるそうです。それだけじゃなく、この二人も」

日紗枝は微妙な表情で嘆息しつつ、にこやかな剣聖の背後にいる不機嫌そうな海園と苦笑いを浮かべる天道司を紹介した。

「おお、そうですか。ご助力痛み入ります、剣聖」

喜色を浮かべて応対する孝明は同時に頭の中で戦力分析と配置先を思慮する。

「それで孝明殿、状況を教えていただけますか」

「もちろんです、剣聖」

孝明は簡潔に状況と予想できる敵の実力を説明すると剣聖は大きく頷いた。

「分かりました、では、私は堂杜祐人君のところへ行きます。この二人には大祭参加者の宿舎になっている屋敷の方に向かっていただきましょう。いかがですか？」

（婿殿のところへ剣聖自ら行くと？）

この時、孝明はこの剣聖の申し出に意表をつかれたがすぐに冷静な表情を見せる。

「分かりました。是非、お願いいたします、私どもの婿殿の援護を剣聖がしてくださるのはありがたい。すぐにでも向かっていただきたい」

孝明が祐人のことを〝私どもの婿殿〟と、まるで念を押すような言い方に剣聖は苦笑いを一瞬みせたが孝明は真剣そのもの。

「承った。では」

剣聖は逞しい体を翻した。

それに続き「何で俺たちまで」とぶつくさ言っている海園の背中を司が押しながら出て行った。

三人が出て行くと孝明は日紗枝に顔を向ける。

「まさか剣聖がこの入家の大祭に二人も仲間を送り込んでいたとはね」

「私も知りませんでした。まったくあいつときたら何を考えているのか、頭が痛いです」

「ふむ……随分と剣聖も婿殿にご執心なようだね、理由は分かりかねるが」

「ふん」

「おや、日紗枝は不機嫌そうだ。その顔だと自分にもすべてを語ってもらえていないのが許せないのかな？」

「そ、そういうことではありません！」

日紗枝が感情を露わにすると孝明は笑顔を見せる。

「日紗枝、男というのは一番大事な女性だからこそ何も伝えないということもあるのだよ。女性にとっては歯がゆいだろうがね。特に剣聖という男はそのように見受けた」

「え？」

「そんな男に惚れた弱みだ。日紗枝、もっと信じてあげてなさい、剣聖を」

「な!?　ちが……！」

気色ばんだ大峰家出身の才女に孝明は笑い、すぐに指揮官の顔を取り戻すと敷地内の各所に設置した映像を睨む。

「状況が変わった。戦力にも余裕ができたことを考えてタイミングを見計らって攻勢に出るぞ」

「「はい！」」

士気の上がる本部内で日紗枝だけが顔を真っ赤にして歯ぎしりをしていたのだった。


「堂杜祐人、やるじゃねーか。よくも凌いでくれるな、このダンシングソードの猛攻を！うざったいぞ」

「クッ」

祐人はまとわりつくようなジュリアンの剣撃を弾きつつも足を止めずに移動している。

「あんたには言われたくはないよ！」

祐人は急停止しジュリアンに倚白を薙いだ。

その倚白をジュリアンは頼りない体勢でまたしても受け止める。

「無駄だと、まーだ分かんねーのか！　この低能が！」

祐人は表情を変えずにダンシングソードが倚白を受け止めた軌道を見極める。

（剣自体が意思を持っているのか）

それは間違いないと祐人は考える。

ダンシングソードは明らかに持ち主の意思を介さずに動き、敵の攻撃を弾き、そして敵の隙となる部分を的確に攻撃してくる。

ジュリアンを押し返すと祐人は再び移動を開始する。

「まったく懲りねー猿だな！　この剣からは逃げられねーのが、まだ分からねーのか！」

間髪入れずに再び追撃するジュリアン。

似たような攻防を幾度も繰り返しながらも祐人は観覧席近くの見晴らしのいい芝生が敷き詰められた広場にまでたどり着いた。

背後からのジュリアンの横一文字の剣撃に対し祐人は体を屈めて前方に跳びつつ受け身をとった。

（チッ、後ろに目でもあんのか、こいつは！）

そう思った時、祐人の行動パターンが変わった。

祐人は立ち上がりざまに体を翻し、一転して攻勢に出てきたのだ。

祐人とジュリアンは目にもとまらぬ剣を数十合、繰り広げる。

「お、何だ？　ついに諦めたか。ようやく逃げ切れねーと分かったか」

「馬鹿だね」

ジュリアンの嫌味な笑みに祐人は不敵な笑みを返す。

「ああーん!?」

「ここで迎え撃ったのはそんな理由じゃない」

祐人はダンシングソードの振り下ろしを弾かずに受け止める。

「この辺りで終わりにしようと思っただけだよ」

「何？」

祐人の発言にジュリアンが目じりを吊り上げる。

「僕は瑞穂さんたちのいるところに近づいておきたかった。ここまで来ればあんたの仲間たちを呼び込めるだろう。苦戦しているボスを心配してね」

そう言われ周囲を見れば四天寺家重鎮席前の広場近くまで来ていたことに気づく。

「馬鹿か、てめーは。俺がてめえごときに苦戦するわけねーだろうが。その頭は飾りか？」

「あんたってさ、強いんだろうが頭が悪いな」

「む!?」

祐人の右脚が一瞬、消えたかと思うとジュリアンの横面に神速の蹴りが迫る。

ジュリアンは首を捻ると間一髪で頬の数ミリ先を祐人の足が通りすぎていった。

無意識にジュリアンは跳び退き、呆然とした顔で左頬にできた一筋の傷に手を当てる。

そして徐々に怒りに打ち震えギリリと上下の歯を擦り合わせた。

「て、てめえ」

「その剣はすごい。確かにすごいね。だけどね、あんたは事前に調査してきたんだろう？　僕のことを。だったら何でその武器で僕に挑んでくるかな」

「なんだと？」

「あのね、僕は近接戦闘特化型の能力者。つまりこういった戦いを最も得意とし最も僕の力が発揮できる戦闘なんだよ。分かるだろ？　だったら僕を倒したいのならオールレンジで攻撃できる奴を当てるべきだった」

祐人の充実した仙氣が練りに練られ臍下丹田で結実する。

「本当に馬鹿だよね、相手の得意分野で仕掛けてくるなんて普通はしない。戦いは相手の弱みを攻めるのが定石でしょう。ましてや命のやりとりをするなら尚更ね！」

祐人が仕掛ける。

ジュリアンは迎え撃ち二人の剣がお互いの空間までを切り裂くように何度も交差する。

だが今度の祐人の動きは以前とはまったく違った。

祐人は倚白を右手、左手に持ち替え、応戦してくる。

祐人の武器はこの瞬間、倚白だけではなくなった。

攻撃オプションは両拳、両肘、両脚、両膝が剣撃の間に飛び交う。

祐人の動きはまさに変幻自在。

「なにぃ⁉」

今度はダンシングソードが防戦一方になる。

そして、まるで舞を踊るような祐人の動きはさらに加速していく。

「グウ！」

ジュリアンの横腹に祐人の左拳が入る。

止まらぬ祐人はダンシングソードを倚白で下段に押さえつけ、剣の自由を奪うと苦悶の表情を見せているジュリアンに回し蹴りを繰り出した。

この蹴りをまともに受けたジュリアンは大地を滑走するように後方に吹き飛び、はるか遠くの木々までをなぎ倒していく。

「大した剣士ではないあんたは神剣の動きについていけてないんだよ。その剣は宝の持ち腐れだったね、あんたには過ぎたものだ」

そう小さく吐き捨てると祐人は瑞穂たちがいる重鎮席の方向を睨んだ。

混乱の観覧席ではバトルロワイアル敗退後に残った能力者及びその従者たちがちりぢりとなってその場から逃げ出そうとしていた。

逃げ惑う者たちの表情は死の恐怖と無力さに取りつかれ、もう周囲など目に入らず大声を張り上げている。

◆

蜘蛛の子が散らすように逃げる円の中心には二人の男がゆっくりと歩いている。

一人は黒髪を立たせ元々細い目を広げる、湾曲した長剣を肩に担ぐ中肉中背の男だ。

もう一人は身長が低く小太りの男で狼のような大きな口をした異相の持ち主で、ぶかぶかの黒いシャツに多数のアクセサリーを体中に身につけている。

「なんだよ、このオサリバン様に歯向かおうって奴はもういねーのか？　つまらねーなぁ」

「ヒヒヒ！　お主が派手に殺るから皆、怯えてしまっている。これが回答」

黒髪の男オサリバンのぼやきに小男は肩を揺らす。

「あーあ、だから勝ち上がれねーんだよ、こいつらは。ちょっと剣を振ったぐらいでビビりやがって」

「回答する。その黄金のハルパーのレプリカは軽く振っただけで超威力、ヒヒヒ」

「チッ、うるせー、ナファス。お前、姿が元に戻ってるがいいのか？　その姿、好きじゃねーって言ってたよな」

「見た奴は全員殺す。これが回答！」

ナファスと呼ばれた小男はその大きな口から黒ずんだ息を前方に吹き散らした。

その息は観覧席から逃げ惑う観衆に迫る。

「うわあぁぁあ！」

息に触れてしまった男性が前方に転倒し言葉にならない悲鳴をあげる。足に痛みだけではない異常な感覚を覚えスラックスの裾を上げる。

見れば足の肌は息と同じ色に変色し、徐々に侵食されていく。

「ひぃぃい！　ああ、足がぁ、足がぁぁ！」

黒ずんだところから腐り始め、まるで腐葉土のようにボロボロと崩れていく。

やがてその男性はさらに迫る黒ずんだ息に飲まれていき、その悲鳴も途絶えた。

これを目撃した逃げ惑う者たちの恐怖は一気に増幅し、まさに大混乱に陥った。

「あーあ、まあいっか。ジュリアンもあっちで遊んでやがるようだがすぐ終わるだろ。他の奴らも好きに始めるだろうし、まごまごしてると美味しい獲物が奪われちまうな」

オサリバンは容赦なく息を振りまいているナファスに顔を向ける。

「んじゃ、俺も行くぜ。偉そうにあそこから動かねー、四天寺の重鎮たちの首を切り落としてやる。ここはナファスに任せたぜ」

オサリバンはそう言うと駆け出し、屋敷二階のバルコニーに設置してある重鎮席に猛然と迫る。観覧席から四天寺中枢に突撃せんとしているのが分かる。

その時、オサリバンが着地するポイントを狙った数十の風の刃が襲い掛かった。

「ム！」

オサリバンは咄嗟に金のハルパーの刀身で身を隠すようにこれらの風を防ぐ。だが着地点を狙われたことで回避がきかずに衣服の所々切り裂かれた。

「あちらには行かせん！　この下郎が！」

神前の男女五人の精霊使いのチームがオサリバンを囲むように姿を現した。

「へー、やっとお出ましかい、四天寺の犬どもが。さすがに速い対応だな」

オサリバンはチラッとナファスの方向に目を移すとそちらにも一部隊が到着し風の精霊術で黒い息を押し返している。

オサリバンは首を回しながらジロリと自分を囲う精霊使いたちに視線を移動させる。

細い目が見開かれ、その視線が神前の精霊使いたちを射貫く。

「クッ！」

神前の精霊使いたちは凄まじい殺気を受け、ある者は警戒心で目に力が入り、ある者は思わず身構える。

徐々にオサリバンが口角を上げて喜色を露わにし、その目がすべて黒く塗りつぶされていくと瞳が消えた。

「やっと……やっと、てめーらに借りを返すときがきたぜ。ククク、嬉しいぜ。俺はなぁ、百年前の屈辱は忘れてねーぞ！」

舌を出し唾をまき散らしながらオサリバンが襲い掛かる。精霊使いチームの中央にいる壮年の男をリーダーと見たオサリバンはそこに狙いを定め、ハルパーの湾曲部分の外側から振り下ろさんとする。

（その白目のない暗黒の目⁉　まさか【黒眼のオサリバン】か⁉）

「散れ！　そして展開！」

真っ先に狙われたチームリーダーの神前功はチームに指示を出すと自分の眼前に空気を圧縮させ解放する。その圧を利用し後背へ自ら吹き飛び、オサリバンの突進から逃れる。

「逃すかぁぁ！」

オサリバンは目を血走らせて後方へ飛ぶ神前功を追撃し、ハルパーの切っ先を前方に突き出した。

「やれ！」

自分に喰いつかせた神前功が指示を飛ばす。

すると左右に展開していた二人の精霊使いが神前功とオサリバンの間にいくつもの岩の壁を地面から出現させる。

オサリバンは岩壁に激突するも自身の殺気に飲まれたかのように構わず突進し岩の壁を破壊していく。恐ろしいほどの突破力だったが最後の一枚を残しその突進が止まった。

着地した神前功は間髪入れずに右手を上げて合図を送るとオサリバンの左右にも岩壁が地面から突き出す。

オサリバンを前方と左右の岩の壁で半包囲の形をとると唯一開いた後方に回り込んでいる女性二人の精霊使いが、がら空きの背後から可能な限りの風の刃を叩き込む。

「終わりよ！」

ここまでのスムースな連携攻撃はまさに神前功をリーダーとした修練のたまものでもある。神崎功はこれで倒せていなくとも無傷ではいられないだろうと考える。

だが、神前功がその場から離れようとしたその時、眼前の岩の壁からハルパーの切っ先が姿を現し、神前功の胸へ突き出されてきた。

「む⁉」

この奇襲に神前功のみならず傘下のチーム員も息を飲むが、神前功は咄嗟に回避し左わきの下を刃が通過する。

しかし通過したハルパーはすぐに岩の中へ高速で戻り、上を向いた湾曲の内側部分が神前功の左腕に触れる。

「ぐう！」

神前功の左腕が切り飛ばされ数メートル横に落ちた。

「功さん！」

チーム員たちから声が上がる。

左腕を失ったが冷静さを失わないこのチームリーダーは次発の攻撃を予測し右に大きく回避した。その判断は正しく、その僅か半瞬後に先ほどまで自分がいた場所にハルパーが再び姿を現す。

風の刃はいまだに放たれているのにもかかわらず一体どういうことか、と神前功もすぐにはオサリバンを測れない。風の刃の猛攻の中、岩壁から突き出されたハルパーは横を向き、そのまま岩の中を泳ぐように移動する。

「ハッ！　距離をとれぇ！」

神前功が大声を上げるとハルパーが岩壁を切り裂き、半包囲した壁は崩れ去る。

攻撃を止め神前チームは再び距離をとったところで集合し、岩の中から姿を現したオサリバンを見つめた。

「ハッ、やってくれるじゃねーか！　そうじゃねーとなぁ、確かに四天寺はこうだった、あの時もな！　まったく忌々しい奴らだ」

「な、なんて奴だ。それにあの武器は普通じゃないです！」

チーム員の一人が驚きを隠せずに全員の考えを代弁する。

「あいつはおそらく【黒眼のオサリバン】だ」

無くなった左腕のところを右手で押さえつつ神前功は言った。

チーム員に衝撃が走る。

「え⁉　あ、あの百年前の能力者大戦のですか？　いや、まさか！　何故、生きて」

「狼狽えるな。以前、瑞穂様がミレマーでロキアルムが生きていたと言っていたではないか。であれば、こいつも生きていても不思議ではない」

「しかし能力者の文献に出てくる人物と戦うことになるなんて」

「おい、すぐに孝明さんに伝えろ。敵の一人は【黒眼のオサリバン】だと。それとな、お前ら覚悟しておけ。今回の襲撃者五人はこのレベルの敵の可能性が高い」

「は、はい！」

「心配するな、だから孝明さんは安易に倒しにいかず足止めに終始しろ、と言ったんだ。あの人が敵を測ることに重点を置いたということは警戒していたんだろう。俺たちは奴に近づかずに連携して仕掛ける、いいな！　なるべく情報をとるぞ」

男三人、女性二人、全員の顔に命を懸けた武人の目が宿り同時に頷く。

「ひとつ、お前らにいい話を伝えておく。これを聞いたらなかなか死ねなくなるぞ」

神前功は戦いを前にしてチーム員に笑みをこぼす。

「それはなんです？　功さん」

「さっきな、本営から風が来た。この敵の首魁と思われる、あのジュリアンってのに婿殿が一人で挑んだそうだ」

「なんと！　一人で⁉」

チーム員の全員が目を見開く。

この敵の首魁であればその実力は【黒眼のオサリバン】と同等かそれ以上ではないかと想像するのだ。それにたった一人で挑んだのか、と。

「それでな、婿殿はそいつに強烈な蹴りを見舞って吹き飛ばしたそうだ！」

「⁉」

「す、すごい！」

「婿殿……素敵です」

「え！　私も見たかったです、婿殿の勇姿」

「じゃあ、行くぞ！　これが終わったら瑞穂様に頼んで婿殿と一緒に宴会を提案するつもりだ。どうだ、そう簡単には死ねないだろう」

「「「はい！」」」

全員、笑みを浮かべ、それぞれに頷くと再び【黒眼のオサリバン】と命を懸けた死線に身を投じた。

◆

「堂杜のお兄さん、あの変態に勝てるかなぁ」

参加者たちの宿泊施設になっている屋敷の琴音にあてがわれた部屋のベッドの上で座る秋華が笑顔で足を交互に揺らしている。

「それでしたら、もう試合は始まってますし早く応援に行きましょう、秋華さん。私も勝利されたお兄様の出迎えに行かなくてはなりませんし」

琴音は椅子に座りながら試合が始まる時間になった辺りからそわそわしており、早くこの場から観覧席の方に行きたいという気持ちを募らせていた。

　それはもちろん実兄の水重の試合を見るためであるが祐人の試合も見ていたい。

「あはは、勝利確定なんだねぇ、琴音ちゃんのお兄さんは」

「当然です。堂杜さんだってお兄様とあたってしまえば勝つことはできないです」

「ふーん、でもダメダメ。まだ話が終わってないよ。まだ私の提案を琴音ちゃんに頷いてもらってないんだから」

「ですからその話ですけど、どうして堂杜さんを巻き込むんですか？　堂杜さんだって迷惑だと思うに違いないです。だって堂杜さんは瑞穂さんと添い遂げるためにこの大祭に参加して……」

　途中から心なしか寂し気にうつむいてしまう琴音を秋華はむしろ策士のような顔でニンマリとする。この超ブラコンの琴音の心が揺らいでいるのを使わない手はない。

「琴音ちゃんは分かりやすいねぇ」

「何がですか！」

「まあまあ、大丈夫。堂杜のお兄さんはきっと迷惑になんて思わないよ」

「一体、どこからそんな自信が湧くのですか」

　琴音は頭痛がしてくる。

「だってまず私たちの家は名家だよ？　お兄さんにとっては超逆玉。といっても、あのお兄さんはそんなこと興味はないと思うけどね。ただ、これだけは言えるよ。私たち可愛いもん！　しかも琴音ちゃんと私は系統が違う美少女というのも大きいの。こんな私たちから縁談が来たら？　しかも二人とも同時に娶ってＯＫの特典付き！　これで靡かない男性がこの世にいるわけないでしょう！　それに加えて私たちは将来すごい美人になるし」

ここまで聞いてさすがに秋華の話が馬鹿げたものに感じ、ため息交じりではあるが琴音も声を大きくなる。

「そんなの我が三千院家が認めるわけがありません！　秋華さんだって黄家の令嬢じゃないですか。こんな話、受け付けるわけがないです。それに堂杜さんは瑞穂さんのことを……」

「ああ、言ってなかったね。堂杜のお兄さんは瑞穂さんを手に入れるために参加しているんじゃないよ」

「え……えええ⁉」

呆気にとられ、顔を上げる琴音の前で何事もないように秋華は持参したスナック菓子を口に放り込んでいる。

「むしろ逆よ。四天寺家が堂杜のお兄さんを欲しがっているんだよ、間違いなく。今までの大祭運営の流れを見ていて引っかかってたんだけど堂杜のお兄さんに話を聞いて確信した。でもそのおかげでこの作戦の成功率が跳ね上がったよ。四天寺が欲しがっているお婿さんだよ？　こんな回りくどい真似をしてでもあの四天寺が欲しがった。力を落とさないためには何でもする四天寺がね。これを私たちが家に持ち帰ってうまく説明すれば……」

「なな！」

「その辺の細かいところは私が考えておくから琴音ちゃんは私の言う通りに動いてくれればいいの」

「ちょ、ちょっと待ってください！　そもそも何で私たちがそんなことをしなくちゃならないんです!?　三千院家と黄家の娘があんなどこの馬の骨とも知れない人に、あ……もちろん素晴らしい人柄の方だとは思っていますけど、でもそれだからと言って」

「三千院家と黄家だからだよ、琴音ちゃん。私たちに生涯の相手を選ぶなんてほぼ不可能。できたとしても持ってこられた縁談話の中から選ぶくらい」

「……！」

今までにやけてた秋華の顔がスッと真面目なものになり琴音は口を噤んだ。

秋華の話すその内容は能力者の家系で名家である娘たちの大多数の真実である。

「私は本当にそれが嫌なの。私は……私にも色々とあるわ。だから私と一緒になる人はとんでもない苦労をする。それを家が決めた男性に押し付けるのはどうしても嫌なの。でも、ううん、だから考えていたの。こんな私と一緒になっても切り抜けてくれるようなタフな人を見つけて、その人のところに飛び込んでやるって」

琴音は細い形の整った眉を寄せる。秋華の言う言葉の中に外部には言えない何かを背負っていることが伝わってきたからだ。

それは何かまでは分からない。そして聞くこともできない。

能力者の家系には色々とある。その中には決して表には出せない裏の事情を持っているというのは能力者の家系に生を受けた琴音にも当然分かることだからだ。

「それにね、琴音ちゃんを誘った理由はほかにもあるよ」

「それは、何ですか？」

真剣な顔をしていた秋華が打って変わって悪戯っ子のようにニヤリとする。

「琴音ちゃん、堂杜のお兄さんのこと気になっているでしょう。しかも人生で初めて身内以外の男性に」

「な⁉　ななな、何を言って！　私は別に堂杜さんのことをそんな風に見てなんて」

「じゃあ、嫌い？」

「嫌いなわけがないです！　堂杜さんは素敵な……うう！」

ハッとし顔を赤くして縮こまる琴音を見て、まるで言質を取ったと言わんばかりに再びニンマリとする。

「ふふふ、琴音ちゃん、私たちが個人的に気に入った人と一緒になれるチャンスなんて中々ないよ？　ただでさえ出会いが少ないし、分かりやすく用意された社交界で予定通りに何人かの男性を紹介されるだけ。そこにさあ、堂杜のお兄さんのような人は来るかなぁ？　来ないだろうなぁ。堂杜のお兄さん、超庶民って感じだし。ああ、勿体ない、あんなに強くて格好いいのになぁ。なんてたって四天寺が狙う逸材だし。しかも私たちが気になる男の人ときた。奇跡だよねぇ、こんなのもう二度とない……いや、ないね！」

「〜〜〜〜！」

顔を紅潮させながら膝の上で両手を握りしめる琴音。

「ひとつ聞かせてください」

「うん？　なーに？」

「秋華さんは堂杜さんのこと、好きなんですか？」

「好きじゃないよ」

琴音は生まれて初めて何もないところで転びそうになる。

「でも、いつか好きになれると思うんだ、堂杜のお兄さんなら。優しそうだし他人のために怒ってくれし、それに強いし」

　そう言う秋華の表情は少しだけ優しげだ。

「なによりも何でも言うこと聞いてくれそうだし！」

　もう一度、琴音はガクッときたが何とか持ちこたえた。

「琴音ちゃんは大丈夫？　これが成功しても私と一緒だよ？　旦那の共有だからね。独占欲が強いときついよ？」

「お父様もお爺様も母や祖母以外に女性が複数いました。その辺は問題ありません」

「あ、うちもそうだよ！　本当に異常だよね！　こんなの当たり前みたいにしててさ！　初めて恋愛映画を観た時、こんな素晴らしい世界があるんだって感動したもん。互いに一人だけを愛するっていう」

「あ、私もです！」

　琴音が思いもよらず喰いついてきたことに秋華は一瞬、目を見開くが、段々とそれは笑顔に変わっていく。そして琴音も同様に笑顔を見せた。

「プププ、こんな話をしておいて馬鹿だよね、私たち」

「そうですね……本当に」

　二人は目を合わせると、もう一度大きく笑い出した。その姿はその歳に相応しい光景と

もいえる。琴音はこの時、人生で初めての同性の友人ができたことを噛み締めた。祐人という人間だけではなく秋華に出会えたことも奇跡なのかな？　と思うと瞳が潤んだ。

「よし、じゃあ、行こうか！」

ひとしきり笑い終え、秋華がベッドから飛び降りたその時、二人は同時に窓の外に目を向ける。

「何やら外が騒がしいです……あ、あれは⁉」

琴音が窓から外を見渡すと顔色を変えた。

「秋華さん！」

「うん、分かるよ。何か、大変なことが起きてるっぽいね。琴音ちゃん、私はお兄ちゃんを起こしに行くから、ちょっと待てて！」

「はい！」

そう言い二人は部屋を飛び出した。

「お兄ちゃん、起きて！　ちょっと何で目を覚まさないのよぉ！」

秋華はトーナメント戦後から一度も意識を取り戻さない英雄を激しく揺らす。

試合後、四天寺家が用意した医療スタッフに診てもらい外傷はほとんどなく、それ以外も問題ないと診断を受けているにもかかわらず目を覚ましてはいなかった。

「お兄ちゃんってば、もう！」

こうなれば引きずってでも連れていかなければと思うのだが、英雄の敗北が確定したこともあり黄家の従者たちにはもう必要ないと先に帰らせていたことを秋華は後悔した。

とはいえ今、四天寺の敷地内の各所から不穏な霊力や魔力を未熟な秋華でさえ感じ取っている。

明らかに入家の大祭の試合とは違う能力者同士の戦闘が起きているのは間違いない。どのような連中が暴れているのかまでは分からないが、この場所も安全とは言い切れないはずだ。

秋華はベッドに横たわる英雄を見下ろして息を吐くと英雄の上半身を起こし自身の肩に乗せようとする。

「ほっほう、兄を担いで連れていくのか？　なかなかどうして兄想いではないか」

「ひゃ⁉」

秋華は突然の背後至近から耳元に息が触れる声に驚き兄をベッドに落として振り返る。

「あ――――！　あんたは変態マスク！」

息の触れた耳に手を当てながら見れば、そこには腕を組んで秋華のやることをまじまじと見つめていたてんちゃんが立っていた。

「むう、酷い言われようじゃ。まあよいか、どれ、ちょいと見せてみなさい」

「ちょっ、あんたが何でこんなところに！」

「いや、外が騒がしくなったのでのう。黄家の小僧のことを思い出してな。今のままだと一週間は目を覚まさんから、さすがにまずいと思って起こしに来たのじゃ」

「何よそれ！　お兄ちゃんに触らないでよ。よく考えたらお兄ちゃんをこんな風にしたの、あんたじゃない。しかも覗き魔の言うことなんか全然、信用できないから！」

兄である英雄を守るようにてんちゃんとの間に入る秋華を見てマスクで表情は見えないがてんちゃんが困ったように腰に両手をつけた。

「そうはいってものう、儂じゃないと目を覚まさんし困ったのう。襲ってきた連中は中々の手練れじゃぞ？　お主ら二人で無事切り抜けられるとは限らんし。ましてや兄を担いで連れていくとなると」

「うん？　ちょっとさっきから何なの？　その老人みたいな声と話し方は。あんた歳はいくつよ」

半目でこちらを見つめてくる秋華にてんちゃんはギクゥとするように肩を上げると背筋を伸ばす。

「は、二十歳じゃ！」

「嘘よ！　二十歳の人が語尾に〝じゃ〟とかつけるわけがないでしょ！」

「……!?」

「あんた、まさか、いい歳して女子高生の嫁を欲しがった挙句に年齢を偽ってこの大祭に参加し、私のシャワーを覗いたと。許しがたいわね、この変態ジジイ仮面！　正体を暴いて黄家の力をフルに使って世界中に拡散してやるんだから。それですべての女性に相手にされない余生を送らせる！」

「なんと!?」

声と話し方を指摘された途端、何故か声を上げないように口元を押さえるてんちゃんはブンブンと涙目で顔を振る。

女性に相手にされないと聞かされると途端に情けない姿を見せたてんちゃんをフフンと見つめる秋華はピンと何かを思いついたような顔をした。

「でも、私も鬼じゃないよ？　場合によっては許してあげてもいいかなぁ。私、こう見えて年寄りは大事にするべきと思っている心優しい女の子だから」

「そそそ、それはなんじゃ!?」

秋華の流し目に縋るようにてんちゃんが喰いつくと秋華はニヤリと笑みを見せる。

「そうだなぁ、じゃあ変態マスクさんの実力を買ってぇ、私と琴音ちゃん、それとお兄ちゃんの護衛をお願いしようかな。でもいい？　私たちが少しでも危ない目にあったら」

秋華は右手の親指を立て、首の辺りを横に横断する仕草を見せる。

「ぬぬ⁉　お主、この儂を用心棒に⁉　こ、この三仙の儂を……クッ、この扱いはさすがに……いくら女に相手にされなくとも仙界の連中の手前」

プルプル震え、途中から声も小さく何を言っているか分からなかったが、秋華はてんちゃんがすんなりとこの提案を受け入れないのを見て焦れてくる。

秋華だって分かるのだ、今が非常事態であることは。

「ああ、もう！　分かったわ！　私たちをしっかり守ったらご褒美に私が耳かきをしてあげる。膝枕付きで」

「必ずや、お主たちを守って見せる！　大船に乗ったつもりでおるがよいぞ！　どんな敵も灰燼に帰してやるわい！」

契約が成立した。

秋華はこの瞬間、世界中のどんな場所よりも安全な立場を手に入れたことまでは気づいてはいなかったりする。

すぐさま英雄を担いだてんちゃんは秋華の言う通りに護衛の任につき、飛び上がって驚く琴音と合流すると屋敷を出た。

◆

四天寺を襲撃してきた仲間の一人が大剣を地面に突き刺し、その柄に腕を乗せてあくびをかいた。革製の上着を着ているがその腕が筋肉で張りつめているのが分かる。

「なんだぁ？　こっちにはこんな雑魚を送ってきたんか。俺たちも舐められたもんだ」

「海園！　あの剣はヤバいです！」

「分かってる！　こっちはいいから、お前はそっちに集中してろ！」

天道司とミラージュ・海園は互いに背を合わせながら、それぞれの前方にいる異様な雰囲気をまとう襲撃者を睨む。

海園の前には大剣を扱う男、司の前には女性の顔に両腕が翼、下半身が鳥の姿の魔獣ハーピーを二体使役する頬のこけた男が立っている。

「私たちの足止めですか。それとも本気でやり合うためにきたのですか？　何にしても外れくじを引かされましたね。お若いのに可哀想なことです」

海園と司を取り囲む二人はまるで戦闘中だとは思えない態度で苦笑いをしている。

それに対し、真剣そのものの海園と司は相手から目を離さずに小声でやり取りをする。

「どうします？　海園。こいつらただものじゃないですよ」

「はあ〜、何でこんなことに。これも海園が大祭に参加するって言わなければ」

「う、うるさい！　どちらにせよ、いつか戦う連中だろうが。ここで戦うか後々に戦うかの違いだろ」

この数分前。

二人は剣聖アルフレッドの指示で大祭参加者が泊まる屋敷近くに向かった。その近辺に現れたという襲撃者に当たれと言われたのだ。

現地に到着すると堂々と姿も隠さずに移動をしているこの襲撃者たちを発見した。彼らの向かう方向は間違いなく四天寺の重鎮たちがいる観覧席だった。

海園と司は発見するや否やすぐにこの襲撃者に仕掛けた。

正面からは距離を置いた司が自身の体に巻くベルトから護符を取り出すと空中に投げる。そして相手の動きを鈍くする結界術を展開すると同時に海園が凄まじい瞬発力で斜め横に跳躍し襲撃者二人の側面へ複数の手裏剣を放った。

この二人の息の合った連携は明らかに相手の先手をとった奇襲攻撃になるはずだった。

ところが、この奇襲に対し襲撃者たちは慌てた様子すらなく歩き続ける。

（気づいてないのか？　いや見下してんのか！）

海園がカッとした途端、上空に張り付いた護符はどこからともなく現れたハーピーに切り裂かれ、続いて背中に身の程の大剣を背負った男がその剣を小枝のように払うと海園の放った手裏剣がその風圧で軌道を逸らされた。

（なんと！）

いとも簡単に攻撃を防がれたことに司は目を見開くが、二人はすぐにその場を移動し次発の攻撃態勢を整えようとする。

しかし、それよりも敵の動きは素早かった。

大剣を持った男は海園のまさに移動しようとする前方に立ちはだかり、司には二体のハーピーが両足の鋭い爪で襲い掛かる。

この敵の動きに連携を諦めた二人は個々に戦闘に突入し、海園は大剣の男と司は二体のハーピーと激しくぶつかり合った。

そして今、二人は襲撃者にとり囲まれる状況に追い込まれたといっていい。

（とんでもない実力者たちです）

司はハーピーを従える頬のこけた男を凝視する。

（どうやらこの男は魔力系契約者のようですね。あのハーピーは召喚ではなく従えているということですか。どうりで戦闘における判断が柔軟なわけです。しかもこの男もその位置取りに無駄がなく中々したたかです。海園の方も苦戦しているようですし）

「海園、一対一は分が悪いです。何とか二対一に持って行かないと。あなたの幻影でそのチャンスを作ってください」

「そうは言ってもな。俺も今はあいつで精一杯だ。あいつのあの剣は相当にヤバい。どんなものか分からないうちは、かすり傷でも命取りになる可能性がある」

「では、まとまって動きましょう。うまく乱戦になるように誘い、一瞬でも二対一の状況になったら私が仕掛けます。そうしたらお願いしますね」

「分かった」

　二人の小声のやりとりを見ていた大剣の男はニヤリと笑う。

「おい、二人とも相談は終わったか？　んじゃま、やるか。俺もまだこの剣に慣れてないからなぁ、一瞬で勝負がついたらすまんな。お前らの作戦も無駄になっちまう。お、そうだ、名乗るのを忘れてたな。俺はドベルクだ、そっちの不健康そうなのがマリノス。お前らが死ぬまでの短い間だが覚えておいてくれ。お前らも誰が自分を殺したのかくらいは知って死にたいだろう？」

陽気でざっくばらんに不穏なことを言うドベルクは不敵な笑みを見せながら大剣を引き抜き切っ先を海園たちに向けた。それに対し海園も二本の短刀を両手に持ち構える。

「ふん、調子良さそうだな、おっさん。俺らは名乗らないがな。悪党に教える名は持ち合わせていないんでね！」

「おっさん⁉　このガキんちょめ。ちょっくら、お仕置きだな！」

これを合図にドベルクが猛然と襲いかかってくる。

これと同時に司の前にいるハーピーも急上昇し、ドベルクに合わせるように頭上から海園と司に迫ってきた。

「私たちは百歳を超えてるんですから、おっさんでもいいでしょうに」

マリノスは嘆息する。

「もう！　海園は何で相手を挑発することしかできないんですか！」

司は大きな呆れ声を上げた。

海園と司はドベルクの突進に対し一緒に横方向へ走り出す。それはマリノスに挟まれている状況を回避するためだ。

頭上から迫るハーピーに対し司は振り返りざまに護符を四枚放つ。その護符は空中に貼りついたように制止し、その四枚の護符を点に長方形の霊力網が出現した。

術発動のタイミングが絶妙でハーピーはその網に絡み取られ動きを制限される。

「ほう」

マリノスがその司の機転に感心する。

だがこの間にもドベルクは大剣を肩に掲げつつ鋭いステップで海園たちに肉迫してきた。

これに海園は体を翻すと後ろ走りで体をドベルクに向ける。後ろ走りにもかかわらず通常の疾走と何ら変わりのないスピードだ。

ドベルクが大剣を振り下ろす。対して海園は受け止めようと短刀をクロスさせた。

「はん！　それは悪手だな、ガキんちょ！」

ドベルクはかまわずに大剣に力と体重を乗せる。

短刀二刀ごときで受け止められるような代物ではないのだ、この剣は。

ドベルクの大剣が短刀ごと海園の頭から腰に掛けて一刀両断に切り裂く。

「何⁉」

だがドベルクは眉を上げた。あまりに切り裂いた実感がなさすぎる。

すぐに自分の切ったものが幻影であることを理解した。

すると海園と司の姿はその場から消え、ドベルクから見て前方左側に位置取りをしてこちらに体を向けている。

（この俺が気づかぬ幻影か！　面白い！）

ドベルクは二人が明らかに何かを仕掛けようとしていることに気づくと同時に二人と自分たちのいる位置も把握した。

それは海園と司から見て自分、ハーピー、マリノスが一直線上に並んでいのだ。

（やるな、俺たちをまとめて攻撃する気か。とすると大技か！）

咄嗟にドベルクは大剣の平を向けて全身を守ろうと防御態勢に入る。

攻撃が来る。ドベルクは豪胆な男だが相手を舐めるような男ではない。

全身の霊力を体前面に集中させ、己の防御力を上げる。

ところがこの瞬間にドベルクは完全に敵に一杯食わされたことを悟った。

攻撃は来た。だが、その攻撃は前方左側からではない。

今、ドベルクの右側面から飛来してきた護符五枚が頭上に等間隔で浮遊し術が解放され、下方にいるドベルクの体の自由を奪う。

「むう！　そちらも幻影だったとはな！」

いつからどこまでが幻影で現実なのか分からず、ドベルクはこの戦闘で初めてゾクッと鳥肌が立つ。

そこに半瞬のずれもなく海園が飛び込んできた。海園は鳥のように滑空しドベルクの肩に張り付くように乗ると同時に両手の短刀をドベルクの首元に突き刺そうと振り下ろした。

しかし、そのまさにドベルクの体に短刀が入る瞬間、海園は自身の三半規管に異常をきたした。

（な、なんだ!?）

周囲がグワングワンと回るように海園は上下左右を見失ってしまう。

「ハーピーの超音波です！　海園、離れなさい！」

事態を見極めた司がさらに護符を放ち、海園をその超音波から守護する。

しかしこのわずかな時間にドベルクは体勢を整えニッと笑った。

ドベルクが大剣を強く握りしめるのを見て海園はすぐさま跳び退き司の横に着地した。

「チッ……あと少しだったんだが」

ドベルクが血の流れる自分の首先に手を当てて海園と司に鋭い視線を向けると二人とも背筋に冷たいものが走り顔を強張らせた。

それだけの気迫がドベルクにはあった。

ところがドベルクは次第に肩を揺らし始め、ついには大笑いをし始めた。

「ハッハッハー！　おめーら、すげーな！　いや、本気で言ってんだ。この俺がまんまと乗せられてしまった！」

そこにマリノスが呆れたように近づいて来る。

「何を笑っているのですか。あなたのせいで私の可愛いハーピーが消えてしまったではないですか。どうしてくれるんですか」

どうやらハーピーの超音波攻撃はハーピーに多大な負担をかけるようであり、一度放ったところでハーピーは消滅してしまっていた。

「すまんな、マリノス。でもお前の契約人外たちはまだまだいるだろう」

「そういう問題ではないです。私がここに来たのはミレマーで現れた神獣対策です。万が一、四天寺に契約者がいた場合、もしくは上位人外を呼び出せる力を隠し持っていた場合の研究なんです。だからこんなところで力を消耗する気はないんです」

するとマリノスの背後に再びハーピー五体が現れた。

「なっ⁉」

司が絶句する。

(ハーピーをさらに五体⁉　ハーピー二体との契約だって簡単ではないはず。こ、この相手は一体、何者なんですか)

契約者という能力者について司は詳しい訳ではない。というのも契約者は全体的に数が多くない。契約者の家系はあるが有名なところでは蛇喰家、劉家、シュバルツハーレ家くらいであり、またどの契約者にも言えることだが契約の過程については謎が多い。

ただ契約者は他の能力者と違い、その強さが術式にはとらわれないのを聞いている。どうやら通常の能力者とは系統がだいぶ違うのだろう。

とはいえ聞いていたもののうち、これだけの数の人外を顔色変えずに呼び出すことができる契約者は普通ではない。

（まさか……種族契約）

司の顔色が変わる。

噂程度でしか耳にしたことのない最上級契約者の話。能力者の歴史において数人存在したと言われる今では伝説に近い話だ。

そして、その伝説の中でも最も近い過去に存在した人物がいる。

「海園、ひとつ思い出しました」

「何をだ、司」

「この二人のことですよ。この二人はかつてこの世界に名を馳せた能力者たちかもしれません。先ほどから引っかかっていたのですが、今、確信に変わりました」

「かつて？　いつの話だ。そんなに有名な奴らなのか」

「はい。この人たちは百年ほど前に活躍した猛者たちです。【鍛冶師】ドベルク、【万の契約者】マリノス。私も知識だけですが間違いないでしょう」

「百年前だと!?　ということはこいつらが……」

「海園、少し戦い方を変えましょう。ここで死ぬわけにはいきません。命を懸けるのはやぶさかではありませんが、ここではないです。今は四天寺の援軍かボスが来るのを待つのが良いでしょう。ですがただ待っていてはジリ貧になる可能性もあります。観覧席の方へ移動しましょう。あちらに行けば味方が多くいますし、四天寺も動かざるを得ません」

海園は司の提案に驚き振り返るが、司の表情は単に死を恐れた人間のものではなく自分の目的を果たすための覚悟が見える。

「分かった。何も戦い方は一つじゃないからな。けどな、それも至難の業だぞ、こいつらを相手に移動するのは」

「もちろん、覚悟の上です」

司も真剣な顔で頷いた。

するとドベルクが上機嫌な様子で声を上げてきた。

「おい、さっきの戦いぶりに免じて俺をおっさんと言ったのは許してやる。それとな、ここで見逃してやってもいいぞ。別に今回はお前らが目的でもないからな。俺たちは四天寺家に連なる連中を皆殺しにするだけだ」

「はん!?」

思わぬドベルクの提案に海園も司も驚く。

「ドベルク、またそういうことを……」

「ただし条件がある。もっと強くなってこい。お前らはここで殺すにはもったいない」

「馬鹿にしてんのか？　随分と上から目線だな！」

海園が気色ばむ。

「おいおい、お前らにとってこれは好条件だと思うがなぁ。分かるだろう？　お前らぐらいにもなれば！」

途端に辺りが振動する。

自然現象などではない。ドベルクの発する霊力がそうさせるのだ。

海園も司も顔色を変えた、いや、変えざるをえない。それだけの厚み、重量感がドベルクの霊力にはあった。

ドベルクが見せた戦の猛者の表情。それはボスである剣聖にも感じたものだ。

「俺もこのダーインスレイブに頼った戦いでお前らを殺りたくないしな」

しばしの静寂。

だが、この静寂は破られた。

彼らでない第三者の声によって。

「おーおー、何じゃ？　派手な霊力じゃのう」

海園たちだけでなくドベルクたちも呆気にとられた。

「ちょっと変態仮面！　何で敵に話しかけるのよ！　ここは避けて安全なところへ連れていくのが普通でしょ！」

秋華が血相を変えて怒鳴るとてんちゃんこと纏蔵は肩に英雄を担ぎながら頭をかく。

「おお、そうじゃった！　いや、これが最短の道だったのでのう。ついうっかり」

「秋華さん、やっぱりこの人は信用しない方が……覗き魔ですし」

琴音はてんちゃんが生理的に合わないらしく引き気味だ。

「じゃあ、そういうことでお主らはここで戦っておるがよいぞ。では行こうかのう」

何事もなかったようにその場を通りすぎようとする秋華一行。

するとドベルクはハッとしたように声を荒らげた。だがその目は少年が大好物を前にしたように爛々としている。

「おい、待て！　お前だ、お前！　そこのふざけた仮面をかぶってる奴！」

秋華は大きく息を吐く。

「そりゃ、そうよねぇ」

「うん？　儂はてんちゃん、二十歳じゃ。なんか用か？　小僧」

「クッ、今度はこの俺が小僧呼ばわりか……まったく今日はなんて日だ。だが構わんぜ！　こんな奴と出会えるとは嬉しい限りだからな！」

ドベルクの超重量の霊力が弾け、周囲に爆音が鳴ったような錯覚を誰もが覚える。

「どこの誰かは知らないが俺には分かるぞ。あんたとは久しぶりに楽しめそうだ」

ドベルクは嬉々とした表情で纏蔵に迫り、神剣のレプリカ、大剣ダーインスレイブを纏蔵の直上から振り下ろした。

◆

「もう終わりかぁー⁉」

オサリバンは憎しみの籠った顔で声を張り上げる。

観覧席及び四天寺の重鎮席前の広場では神前功が率いる五人のチームとの死闘が繰り広げられていた。

大型モニターの下方でもナファスを囲む大峰家のチームが奮闘しているが、ナファスの腐食化能力で近づけずにいる。

「おーおー、ナファスとやり合ってる精霊使い共もジリ貧だな。あれじゃ時間の問題だ」

大峰のチームはナファスが出す様々な特性を持つ息に悩まされていた。

特に難渋しているのは精霊術すらも腐食させ無力化させる黒色の息だ。

リーダーである大峰巴は冷静かつ分析に優れた若き女傑である。この様々な息を操るナファスに対し風精霊によってこれらを吹き飛ばし、間髪を容れずに攻撃を与えようと試みた。

ところが恐ろしいことにこの黒色の息は精霊術すら浸食して腐食させ、風の精霊術もこの息に触れた途端その力を失ってしまう。

そのためナファスの腐食させる息を押し返しきれないでいた。

「かかってこい、精霊使い。来ないのならこちらから行く。我々は四天寺を潰すために来た。これが回答だ」

またしても口を裂けんばかりに広げ、ナファスは大量の息をまき散らす。

「なんという邪気と瘴気。精霊たちまでが汚染されてしまう。いいか、何度も言うが絶対に触れるなよ。あれに触れればこちらも腐食してしまう！」

「はい！　巴さん」

黒色の息が際限なく放出され、巴たちは距離をとる。

するとナファスは青黒い息を同時に放出してきた。

この時、巴は周囲を飛んでいた虫が痙攣をおこして地面に落ちたのを見た。

「む、気をつけろ！　神経系を侵す息だ！　前衛は黒い息を！　後衛は青い息に当たれ」

「良い洞察力だ。だが回答する。お前らに打つ手はない」

ナファスは黒い息を常時、出しながら他の息も同時に吹きかけてくる。


大峰巴のチームは固まって動き、死角を作らず防御に専念している状態だった。

その様子は神崎功も遠目で確認はしていた。だがこちらもそれどころではない。

オサリバンを相手に徐々に追い込まれているのだ。

「クッ！　功さん、こいつは不死身ですか⁉」

「攻撃しても攻撃しても効果がないです！　これ以上はこちらが持ちません！」

五人の神前のチームは功を中心に陣を組み直す。

神前のチームメンバーの指摘は正しく、今までに数々の連携で攻撃を加えているのだが
オサリバンはそれをまったく意に介さない様子で動きを止めることもない。

「分かっている！　今、孝明さんがこちらに送ってくれた戦力がもう来る。それまで踏みとどまるぞ。しかし、こいつの能力は一体」

　つい先ほど指揮官である神前孝明に神前功から襲撃者の一人が【黒眼のオサリバン】と報告した。するとすぐに増援を送ると連絡が来た。またそれだけではなく襲撃者全員のところに大峰、神前のチームの半数以上を投入すると言う。

　それは神前孝明が反撃を決断したということと勝利を確信したということだ。であれば自分たちは敵を逃さずこの場に足止めをしておくことが重要だ。

（しかしどういうことだ。こちらの攻撃はヒットしているのにまったく効果がない。仲間が来る前にもう少し情報を取りたかったが、これ以上の踏み込みはこちらが危険だ。やはり同時に全身を塵にでもしなければこいつは倒せんということか。となると、あの武器だけでも何とかしなければ）

　オサリバンは傷や怪我は負うのだ。実際、先ほどは左腕や右脚が切断寸前までの深手を負わせオサリバンの動きは鈍った。

　ところが、なのだ。

　オサリバンはその傷を人間とは思えないスピードで急速に修復し元に戻る。

　そして、もう一つ不可解なことがある。

（こいつ、力を小出しにしているのか？　それともまだ本気で戦っていなかったとでもいうのか）

オサリバンは戦いが長引くにしたがって動きや攻撃の威力が上がっている。

まるで戦いにおけるギアを一段ずつ上げてきているかのようだった。それはそのまま受け取ればオサリバンは少しずつ本気を出してきているということだ。

（まさか四天寺を前にして遊んでいるのか！　それに本気の上限がいまだに見えない！）

「おらおら、いくぞ！」

オサリバンが突進してくる。

「む⁉　散開しろ！」

「そろそろあの重鎮席に行かせてもらうぜ！」

そう言いオサリバンが高々と跳躍する。するとあろうことか神前チームが散開した中央へ神剣のレプリカであるハルパーを投げ槍のように投げ落としてきた。

優秀な神前の精霊使いは即座にハルパーの着弾点から回避行動をとった。先ほどから最大限に警戒をしてきた武器を投擲してきたことに功は驚いたが、これをチャンスとも考える。功たちは明らかにあの触れるものをすべて切断するハルパーに手を焼いていたのだ。

恐るべきことにこのハルパーはこちらの精霊術まで切断してくる。そのために全身に攻撃をしかけて一気に塵に変えようという作戦を実行したのだが、術を切り裂かれて火力不足に陥るのだ。

だが今、その厄介な武器を攻撃のためとはいえオサリバンは手放した。これをやり過ごしハルパーを奪えばオサリバンの戦力低下は確実。

功は離脱、散開しながらもチーム員に目で合図を送る。

この合図を正確に理解したメンバーは散開しながらも同時進行で術を練り、攻撃を避けた後、瞬時に動けるように準備をした。

しかし、この時ばかりは神前チームの優秀さが仇になった。

ハルパーが先ほどまでいたところの地点に着弾する。

（よし！　衝撃をいなして武器を奪いに……何⁉）

「しまっ！　全力で防御ぉぉぉ！」

その功の叫び声が強烈な霊力を含む爆風と衝撃波でかき消される。ハルパーが着弾した地点を中心に功の予想する数倍の破壊エネルギーが解放されたのだ。

「馬鹿が！　欲をかいたな、四天寺の雑兵どもがぁ！」

そのエネルギーの余波はオサリバンの仲間であるナファスやそれと戦う大峰巴のチーム、そして瑞穂や朱音たちがいる重鎮席にも及ぶ。

ナファスはどす黒い空気をまといながらオサリバンの方に視線を移した。

オサリバンの放ったハルパーの破壊エネルギーが大波のように押し寄せてきている。

「ヒヒヒ、大層な威力。オサリバン、思った以上にやりこまれたのが回答」

そう言うとナファスは大きな口を広げると赤茶色の息が放出され、大峰巴チームの精霊術すら喰らう黒い空気に混じり、ナファスの身を守るように覆っていった。

「何だ、あれは⁉　功さんたちは⁉」

「防御結界！　同時に前衛は岩壁、後衛は防御風を展開しろ！」

ナファスと相対していた大峰巴の精霊使いたちもこの事態に気づき、ナファスから即座に距離をとりつつ巴を中心に障壁と結界を展開した。

当然、この衝撃波は瑞穂たちのいる四天寺の重鎮席にまで及ぶ。

「あれは！　お母さん！」

強大な力が弾ける瞬間、瑞穂は半立ちになり目を見開く。

だが、朱音は微動だにしない。

「大丈夫よ、瑞穂」

「でも、功たちが！　クッ！」

この瞬間に重鎮席をその衝撃波が襲った。重鎮席から見えるはずの風景がすべてシャットダウンし無意識に瑞穂は精霊たちを手繰り寄せてしまいそうになる。

が、瑞穂は気の抜けたような表情を見せた。

「こ、これは」

恐ろしいほどのエネルギーを内包した衝撃波が来たのにもかかわらず重鎮席は静かそのものだった。視界は封鎖されているが振動すらない。

瑞穂は驚きを隠せないまま重鎮席を見渡すと両脇に座る神前家当主、左馬之助と大峰家当主、早雲が胸の前で印を組み体全体から高濃度に圧縮された霊力をまとっていた。

「佐馬爺、早雲」

瑞穂は左馬之助、早雲のこのような姿を見るのは初めてであった。

いつも口うるさい左馬之助、そして終始、冷静で抑揚が感じられない早雲。

それが今、瑞穂も息を飲む気迫のようなものを放っている。

「座ってなさい、瑞穂」

朱音が何事もないように声を上げる。

「で、でも、あの攻撃の矢面に立っていた功たちが！」

「座っていなさい」

先ほどと同じトーンで発せられた朱音の言葉。

だが、その言葉にある得も言われぬ圧力に瑞穂は硬直しそのまま腰を下ろした。

「そう、何事もなかったようにそのままでいるのです。私たちがそうしていることで四天寺の人間たちは思う存分戦えるのです。今は孝明たちに任せています。であれば孝明からの要請がない限り決して動いてはなりません。たとえ功たちが全滅していようともです。四天寺は何があろうと四天寺。そして四天寺とは私たちのこと。私たちがここでいつも通りにしていることが四天寺に仕える人間たちの誇りなのです。それを知りなさい、瑞穂」

この朱音の言葉に含まれる重圧に瑞穂は口を閉ざした。

今更ながらに四天寺の名の意味を再確認する。

瑞穂は目を瞑り、そしてしばらくしてその目を開けた。

凄まじい衝撃波は弱まり視界が明らかになっていく。ここで印を解いた左馬之助と早雲は左右から後方にいる朱音と瑞穂の方に振り返ると二人の顔がほころんだ。

その目には忠誠心と誇り、そして何よりも喜びが内包している。

何故ならそこに何事もなかったように表情一つ変えない四天寺朱音と四天寺の誇る天才、四天寺瑞穂その人がいたからであった。

オサリバンは大地がえぐれたクレーターの中心でハルパーを引き抜くとケラケラと笑い出した。

「これでもまだ生きてやがるのか。大したもんだなぁ、四天寺の精霊使い共！　だがさすがに虫の息か？」

周囲には先ほどのオサリバンの攻撃を最も近い距離で受けてしまった功たちが土に埋もれて散らばるように倒れている。

彼らは優秀な四天寺の精霊使いだ。防御と回避に専念していればここまでのダメージは負わなかったかもしれない。しかしオサリバンの放ったハルパーを奪取するということまで念頭に置いた行動が結果として今の現状を招いてしまった。

「ハッ！　まあ一応、とどめを刺しておくか」

オサリバンはハルパーを右肩に担ぎ神前功の横までゆっくりと歩いていく。

この状況は重鎮席からも見えている。瑞穂と朱音はすました顔でこれを見つめている。

左馬之助、早雲も顔色ひとつ変えずにまるで風景を眺めるような態度だ。

「うう……ん」

「意識があんのか。そりゃ、お気の毒だ。楽には死ねねーな。ゆっくり確実に心臓を貫いてやる。体の中に入ってくる異物を感じながら死ねや」

そう言うとオサリバンは肩に担いだハルパーを逆手に握りしめ、その切っ先を息も絶え絶えでうつ伏せに埋もれている神前功の心臓の上に掲げた。

黒く塗りつぶされ闇そのものに見える目で神前功を見下ろしニヤリとオサリバンが笑う。

瑞穂は表情こそ変えないが両拳を握りしめた。

その時だった。

オサリバンに向かい高速で滑走するように飛来する物体が迫る。

「何だ⁉　ムグウ！」

この気配に気づいたオサリバンは自分に激突せんとばかりに飛来する謎の物体を咄嗟にハルパーで受け止めようとするが失敗し、その場から謎の物体と共に横に吹き飛んだ。

「あれは⁉」

神前功と同じ神前家の左馬之助は覚悟を決めてこの様子を見ていたが、さすがに予想外の出来事に声を上げてしまい瑞穂も目を広げた。

「ヌウウ！　この！」

オサリバンは勝利の余韻を楽しんでいたところを邪魔されたこともあり、頭に血を上らせながら激突してきた物体を吹き飛びながらハルパーで上空に切り上げた。

そして、受け身をとり体勢を立て直す。

「誰だ⁉　この俺様に舐めた真似をしてきた糞野郎は⁉」

クレーターの端まで吹き飛んだオサリバンは物体が飛来してきた方向へ顔を向けて激高する。そしてクレーターの反対側にその舐めた真似をしたらしい人物を見つけた。

怒り心頭のオサリバンが新たな標的を見つけたと同時に四天寺家の重鎮席にいる瑞穂は安堵と憧憬が合わさったような笑みを浮かべ拳を緩めると小声でつぶやいた。

「祐人はもう……いつもあなたは」

瑞穂はこの時、人生で初めて異性に対し恋焦がれるような目を見せた。

対照的にオサリバンは怒りで震えながら殺気を込めて睨む。

その目の方向には鋭い眼光を隠さない少年が立っていた。

「て、てめえか」

すると二十メートル以上離れているのにもかかわらず、その少年が発した静かな声がしっかりとオサリバンに聞こえた。

「あんたの仲間だろ？　もっと大事に扱えよ」

「あん？」

その言葉の意味がオサリバンには一瞬、分からなかった。

すると自分の背後に先ほどハルパーで切り上げた物体が上空から落ちてきた。

周囲にその物体が放つ黒い空気が漂いだす。

ハッとしてオサリバンは振り返った。

「ナファスだとぉ⁉」

そこには口が異様に大きい小太りの男が倒れており、オサリバンが切りつけたものであろう大傷から血を噴き出していた。

「とどめを刺したのはあんただけどね」

そう言うと祐人は右手に持つ倚白をオサリバンに向けた。

「かかってくるならこっちに来いよ。僕が相手をしてやる」

祐人が珍しく敵を挑発する。が、これが効果てきめんだった。すでに怒り心頭だったオサリバンは生意気な少年の不遜な態度に完全に切れた。

「てめえぇぇぇ！　そこを動くんじゃねーぞぉぉ！」

オサリバンがハルパーを握りしめこちらに向かおうとした時、祐人は素早く背後にいるマリオンと明良に声をかけた。

「マリオンさん、明良さん、今の内だ！　僕があいつをひきつけている間にあの人たちを回収して！」

「分かりました！」

「ありがとうございます！　むこど……祐人君！」

マリオンと明良は背後から左右に展開し、ナファスと対峙していた大峰巴のチームは呆然とそれを見つめている。

重鎮席でも一緒だ。左馬之助、早雲は時が止まったようにこの状況を見つめる。

すると朱音が少女のような表情で微笑み両手のひらを軽く合わせた。

「祐人君は素晴らしいわ。絶対に四天寺に取り込まなくちゃ」

左馬之助などは感動のあまり目を潤ませてしまい震えた小声で「婿殿、婿殿……感謝いたしますぞ」と呟いている。

瑞穂はこの時ばかりは周囲が目に入ってない。

視界にあるのはこの瞬間に現れた祐人だけ。

瑞穂の瞳の中は祐人だけで埋め尽くされていたのだった。


祐人はオサリバンを待ち構えるように倚白を構えた。

オサリバンがこちらに突進しようと膝を曲げる。

（あのまま重鎮席を狙う可能性もあったけど、よっぽど短気な奴みたいだね……え⁉）

祐人はオサリバンを迎え撃とうと倚白を握る手が緩んだ。

というのもこのコンマ一秒以下の瞬間にオサリバンの背後から木々をなぎ倒しつつ超高速で飛来してきたものが視界に入ったからだ。

「小僧が！　死ねぇぇぇ……ブホォォア！」

またしてもオサリバンにその謎の飛来物は激突しオサリバンは血と息を吐き出す。

先ほどよりも数倍の衝撃だったためかオサリバンは受け身もとれずにゴロゴロと転がりクレーターの中心でようやく止まる。

「カハァ！　な、何が……何だ⁉」

脚に力が入らずに両手をついているオサリバンは苦し気に顔を上げると愕然とした。

今、またしても自分の仲間が仰向けに倒れ、苦し気に、そして憎々し気に呻いているのだ。

「あ、あのジジイ、ふざけやがって」

「ド、ドベルク⁉」

オサリバンはまだ整っていない呼吸で声を上げた。

「ほっほー、なんじゃ、だらしないのう。良いのは威勢だけか？　そんなもんでは儂の耳かき付き膝枕はビクともせんぞい！　ほっほっほー、うん？　はて？　一人増えてるのう」

「いいから変態仮面、さっさと敷地の外に行きなさいよ、もう！」

「秋華さん、やっぱりこの人を信用しない方が……」

突然、クレーターの対岸に現れた身内、纏蔵を見つけ祐人はワナワナと震えだす。

（爺ちゃん！　何やってんの⁉）

◆

マリオンと明良はこの間隙をぬって神前功チームの救出に向かっていた。

明良は朱音の指示でジュリアンを吹き飛ばした直後の祐人のところへ駆けつけていた。

その後、祐人をこの広場まで案内しながら現状を説明した。

マリオンは観覧席に戻ってくると右側の大型モニターの下から祐人と明良が広場に侵入してきたのを見つけた。

それと同時にオサリバンが放とうとするハルパーの超攻撃を目撃する。

祐人がスピードのギアを上げて広場に突入する構えをみせた。瞬間、マリオンは考える間もなく祐人が向かうだろうナファスのいる場所へ走り出した。

（あちらの攻撃は間に合わないです。ということは祐人さんはあの瘴気を吐き出している能力者を狙う気です。であれば私のできることは！）

「主の御使いたちよ！　清浄なる息吹、静謐な御手、それこそ我らの求める救いにならん」

マリオンは跳躍してナファスの右側面数十メートルに着地するや、両手を天に掲げナファスをけん制するように広範囲浄化術を展開する。

「スプレッド・ディバインスペース！」

マリオンの法術が展開されるとナファスから放出される不浄な瘴気を澄み渡った神気が浄化していく。

「ぬ……エクソシスト⁉」

突然、現れたエクソシストの上位浄化術にナファスは不愉快そうに顔を歪める。

ナファスは大口を広げ三百六十度に拡散させていた瘴気を中止し、口をすぼめて一点に集約した瘴気をマリオンに吹きかけた。

（ヒヒヒ、朽ちろ！）

だがマリオンは顔色を変えず右手で大きく十字を切る。

「出でよ、聖盾」

天に掲げた左手で浄化術を展開しつつ右手では光属性の盾を展開しナファスの広範囲浄化術を割って迫る瘴気を撥ね返す。

その瘴気は聖盾に触れると跳ね返されるだけでなく同時に浄化されていくのが分かる。

「ヌウウ！」

見る者の肝を冷やす異相のナファスは怒りの色を隠さず、おぞましい目とボロボロに腐食した歯を露わにさせる。

するとすると首から数珠上に垂らしている三つの球状の黒水晶に手をかけた。

(この小娘、ターゲットの四天寺瑞穂に従っているエクソシストか。丁度いい、ここで一つ目を使う)

ナファスは黒水晶の一つをちぎると瘴気を吹き出している自身の大口に放り込む。

途端にマリオンが首からさげるロザリオが振動し始めた。

(これはまさか! 主の警鐘!?)

マリオンは顔色を変えた。

事態を一変させる恐ろしい術がくると確信してしまう。

ナファスは透き通るような肌をしたマリオンの顔を見る。

そして目を垂らしニマァと笑い、異常に長い赤茶けた舌を出した。

その舌の上には先ほどの闇が蠢く黒水晶が乗っている。

(その肌がどのように腐食するのか。ああ……見たい見たい見たい、見たい!)

ナファスの瘴気が止まる。

「回答する! この場を地獄と接続する!」

ナファスは自身の最終奥義を解放せんと黒水晶を舌の上から口内に転がしボロボロの歯で嚙み砕かんとする。

この術は最凶最悪の超禁術。

半径三十メートル以内を〇・〇〇〇〇〇〇〇〇〇〇〇一秒の間、地獄と接続する術だ。

生けとし生けるものすべてを地獄の凄まじい瘴気に晒すのだ。【地獄の息吹】と呼ばれ、
地獄の司祭である自分以外はすべて腐食し敵も味方も区別なく塵となる。

もう助かる術などない。圧倒的優位、ナファスの勝利は確定する。

ところが、まさに黒水晶を噛み砕くその時、ナファスは怒りが頂点に達した。

それはマリオンの表情が視界に入ったからだ。

その表情には余裕と自信、そして生き生きとした未来を勝ち取る若者の笑みが浮かんでいたのだ。

（この異教の糞屑が！　悶え死ねぇぇぇぇ……ムッ、あいつは⁉）

この時、ナファスは左側面から弾丸のように自分へ突っ込んできた祐人を察知する。

瞬時にタイミング的に大技が後れをとると理解した。

黒水晶を噛み砕き術発動のタイムラグの間に攻撃を受ければ術の発動地点が変わってしまう。

（小娘ぇ、このための牽制か！　だが雑魚を寄こしたところで何も変わらん！）

迫る祐人が左手の拳を振り上げる。

瞬きをする時間よりも速く祐人がナファスへの攻撃の間合いに入ろうとした刹那、ナファスは術を切り替え、超至近で祐人に瘴気の息を全力で拭きかけた。

(ヒヒ！　すべてを腐食させる瘴気を全身で味わえ！)

祐人の拳よりも半瞬速く、大峰巴チームの接近を決して許さなかった不浄な瘴気が吹き荒れた。

だがナファスの顔に驚愕に染まった。

自分が全力で拭きかけた瘴気が祐人に触れる直前にバン！　という音と共に空気が弾け吹き飛ばされたのだ。

「何ぃぃ⁉　どういうことだ！」

祐人は何物にも邪魔をされずナファスの喉元へ左手を伸ばしその首を強烈に絞め上げる。

「ウグゥァァァ！　ぎ、ぎざまぁぁ」

「見てたよ。お前の術は主に息。だったら弱点は喉か肺だね」

祐人は鋭い目で静かに言い放つと喉元を掴む手を緩めずナファスを持ち上げ、まるで狙を定めるようにはるか先にいるオサリバンを確認する。

オサリバンが四天寺家の使い手にとどめを刺さんとしているのが見える。

祐人は深く息を吸い、充実した仙氣を練るとカッと目を見開いた。

「はああ！　仙闘氣掌！」

祐人は喉を放すと同時にナファスの胸に渾身の右掌打を炸裂させる。

ナファスの口や目、耳から血液が噴き出し、まるで隕石か何かのように後方に滑空する。

ナファスの両肺は完全に破壊され、その機能と意識を完全に失った。

もはや危険な飛来物と化したナファスがオサリバンに激突したのを見ると祐人はマリオンに柔和な笑みを向ける。

「ありがとう、マリオンさん。でもよく僕の間合いとタイミングが分かったね」

マリオンは祐人に駆け寄り、はにかんだ笑みを見せた。

「あ、いえ、祐人さんなら間合いを詰めたら何とかしてくれると思って。でも本当に何とかしてくれました」

「祐人君！　本当に君は何という少年なんだ」

背後で祐人の戦闘を目の当たりにしていた明良が祐人に駆け寄ってくる。

「まだ敵はいます。次はあいつを僕が相手にします。二人はその間に負傷者の回収をお願いします」

「分かった！　婿殿！」

「はい！　分かりました」

（（うん？　ムコドノ？））

マリオンと明良は活力のある顔で返事をしたが、祐人とマリオンは明良の返事に不可思議な単語を聞いたように感じたが気のせいかと意識を前方に集中した。

この時、剣聖アルフレッド・アークライトは莞爾として笑った。

「あの少年、まさか全身発勁とはね。勁力だけで瘴気のガスを一瞬で振り払うようなことは思いついても実戦の最中に中々できるものではない。仙人昆羊からの紹介というのも驚いたが堂杜祐人、一体、君は何者なのか。これほどまでに私に興味を持たせるとは」

先ほどの戦闘の一部始終を大型モニター裏から確認していた剣聖アルフレッドは喜びと嬉しさと共に言いようのない既視感を感じて目を細めた。

（あの足の運び、あの体捌き、私はどこかであれを知っている）

しかし、剣聖はこれ以上は考えず祐人と共に戦うことを決めた。

（もう分析など無駄だな。あとは共に戦い、共に戦いの空気を吸う。これ以上に君を知るに相応しいことはない。いや違うな。何故だかね、君を見ていると久しぶりに血がたぎるのだな）

自然と笑みがこぼれ、剣聖は祐人たちのいるところへ足を進めた。

◆

「あ痛たた。これ、肋骨がいっちゃってるよ」

ジュリアンは自らの体で倒した大木の幹の中から声を上げた。その表情は祐人と戦闘する以前のものに戻っている。

「それにしても堂杜祐人、祐人君かぁ、これはとんだ僕の思い違いだったなぁ。いや、騙されたとでもいうのかな。あれだけの実力をもった能力者が無名かつ出自が一切不明ってどういうことだい？　四天寺の名に目がいきすぎて君を重要視しなかったのがいけなかった。もっと徹底的に調べるべきだったね」

仰向けのまま上空を見つめ、ついには笑い出す。

「あはは、君は四天寺の腰巾着なんかじゃないね。だって強すぎる。機関のランクS能力者に割って入ってもまったく遜色がないよ。接近戦に特化した戦いをさせたらそれ以上かもね。これはたしかに僕が馬鹿だったかな」

ミレマーでスルトの剣壊滅の報を聞いたジュリアンは烈火のごとく怒り、すぐにその犯人を調査したがどうにも核心的な情報は手に入らなかった。

確実な情報としては機関の日本支部から派遣された三人の新人能力者がスルトの剣と対峙していたということだけだ。

ここでジュリアンはすぐに四天寺の名を冠する瑞穂に目をつけた。

ロキアルムが倒される可能性があるならば四天寺しか考えられない。

もちろん瑞穂が、とは考えていない。

だが〝四天寺〟が秘密裏に動いたのであれば話の整合性はつく。

世界能力者機関の内部情報でスルトの剣壊滅を謎のままとしているのは解せないが、四天寺ならば何かしらの圧力をかけることも可能だからだ。

それから期間を置かずに驚くべき報告が舞い込んできた。

それは中央亜細亜人民国の中枢に入り込んでいた伯爵夫妻が討滅された、というものだ。

彼らもスルトの剣と並び、来たるべき日の貴重な戦力だった。

当然、ジュリアンにとって許せるものではなくすぐに調べさせた。

するとまたしても四天寺瑞穂、マリオン・ミア・シュリアン、そしてこの堂杜祐人の名が出てくる。

この時もすぐに四天寺の名に目がいく。

そして考える。

ジュリアンは間違いなくこれも四天寺の為したものだと確信した。

もちろん、前回同様に名を連ねているマリオン、祐人の情報も集められるだけ集めた。

水滸の暗城での戦闘は前衛に近接戦闘特化型の堂杜祐人、その援護、補助にマリオン・ミア・シュリアン、そして遠距離に本営、四天寺瑞穂という布陣でそれぞれの特性を如何なく発揮したものだと分かった。

よくよく見ればこの三人、チームとして組むには非常に相性が良い。

それなりの連携訓練は必要だろうが、それさえクリアしていれば互いの実力を最大限生かせるような布陣だ。

つまりチームとしての相乗効果も生まれ、プラス3以上の戦果をあげたのだと考える。

それに加え闇夜之豹が相手の戦力や数を見誤り、間違えた戦略戦術で応戦したことも承知している。闇夜之豹はこの誤りに気付く前に徹底的な打撃を受け、立ち直る間もなく瑞穂の大技で再起不能になった。

こういった分析の結果、ジュリアンたちの出した結論はこうだった。

まずはなんといっても四天寺瑞穂だ。

この少女の四天寺の名は伊達ではなく、さらにはその四天寺において天才と謳われたのも嘘ではない。相当な実力を秘めているということだ。

だがまだ若い。噂からすれば高度な術の発動については恐るべきものを持っていると考えられるが、実戦の最中では術を練る時間さえ与えなければ小技に終始するだろう。

まだまだ本当の戦争、ましてや対人戦闘の経験が少ない小娘だ。

こちらが圧力をかけ続ければ必ずどこかで術の出しどころを見誤り、それが致命的なミスとなって本人に帰るだろう。

要は戦場で孤立させればどうにでもなる。

あとは評価するならランクAのマリオン・ミア・シュリアン。

マリオンはエクソシストであり対妖魔、対魔族との戦闘は得意だが、それ以外では防御、他者の補助を得意とする能力者である。

パーティーを組む仲間や敵によってその役割が変わる柔軟性に富んだ能力者だが近接戦闘に持ち込み、手数の多い相手を当てれば苦慮するはずだ。

まとめれば、この二人は非常に優秀だが分散させてしまえばジュリアンたちにとってまったく怖い存在ではない。

それは対能力者、つまり対人戦闘において未熟であることが容易に想像できるからだ。

これは瑞穂やマリオンたちだけのことではなく現在の能力者たち全般にいえることだ。

これもすべて愚かな世界能力者機関の理念に原因がある。

それは例外を除いて機関所属の能力者たちは一般人はもちろん、対能力者との戦闘を厳しく禁止されていることだ。そのため対人戦闘の経験が積まれないのだ。

過去に凄惨な能力者大戦を経験した者たちが世界能力者機関を立ち上げた結果がこれだ。

能力者の有用性、存在価値を貶める愚かな行為。

能力者の家に伝わる独自の修練法には必ずと言っていいほど対人戦闘のあり方が伝えられている。これが能力者の現実であり、異能を持つ能力者の本質の一部を映し出していることは自明の理。

にもかかわらずだ。機関はまるで能力者たちを人々に害をなす人外から守る正義の味方にでも仕立てようとしているかのようだ。

これほど馬鹿げた話はない。己の有益性、優秀性を示す場を自らが狭めては能力者たちが衰退の一途をたどる未来しかないのだ。

この機関に加担する愚か者どもは何故、能力者が人類の上位種だと思わないのか。

何故、能力者こそが人類を束ねる存在だと分からないのか。

人外たちを人知を超えた存在のように扱うのならば、それと対抗できる能力者も人知を超えた存在だろう。

「でも祐人君は違うねぇ。あれは別物だった。あれこそ能力者の本質をよく表しているよ。

太古に存在する能力者らしい能力者、まるで僕が目指している能力者像を体現しているようだった。あはは、すごいよ祐人君！」

ジュリアンは木の幹にめり込んだ体を剥がし立ち上がる。

途端にジュリアンの無邪気な笑顔は次第に粟立つような邪気を放った。

「ククク……ハッハッハー！　天然能力者だぁ⁉　ふざけんなよ、あれのどこが天然能力者だっていうんだ！　仙道使いであることは分かった。でもそれだけとは思えねーな。あいつの考え方、行動原理がすでに仙道使いじゃねーんだよ。浮世に興味のねー、仙道使いが機関に所属して仲良く友達ごっこなんかするかよ」

何かを確信したように怒りをぶちまけるジュリアン。

「しかも、あの洗練された忌々しい戦い方……あいつは間違いなく能力者の家系だ」

ジュリアンは右手に持つダンシングソードの刀身に映る自身の顔を睨みながら、まるで別の誰かと会話をするように口を開く。

「あいつには何かあるな。ああ、そうだな。たしかにあいつは霊力を持っていたにもかかわらず道士になったというのは奇妙だ。あん？　あいつを徹底的に調べる必要がある？」

ジュリアンは眉間に力を籠める。

「はん！　まあ、お前の言う通りランクS級の能力者が今、ここで発覚しただけでも良しとするか。計画の最終段階で邪魔立てしてくる機関の戦力を見誤るミスが減ったのは大きいしな。ランクDが実はランクS級でしたなんて笑えねー」

薄暗く鋭い目をしたジュリアンはダンシングソードの刀身に向かい頷く。

「うるせーな、分かってんだよ、そんなことは！　攪乱から一気に攻め落とす予定があのクソ道士のおかげで戦力分散になっちまった。でもよ、ここで四天寺の直系と一緒に殺しちまえば一緒だろうが！」

ジュリアンは吐き捨てるように言うと妖気交じりの霊力を纏いながら四天寺家の重鎮席のある方向に歩き出した。

「お前はあの引きこもりの坊ちゃん精霊使いに連絡しとけ。これから四天寺中枢に仕掛ける。あとはてめえの好きにしろってな」

その右手に握られているダンシングソードに映る、明らかに今のジュリアンとは違う無邪気で柔和な表情をしたジュリアンの顔がスッと消えた。

◆

「こ、これは」

四天寺家重鎮席の前にある広場の映像を見て神前孝明は言葉を失っていた。他の者も同様で映像を眺めていることしかできない。今、四天寺の防衛司令室に移行している本部には静寂に包まれている。

この直前、指令室では孝明から数々の指示が飛ばされ、それを受けたオペレーターからは休みなく各四天寺のチーム及び四天寺家最高幹部たちがいる重鎮席に繋がれていた。

このようになったのも各方面から来る報告に原因があった。

それは五人の襲撃者たちに関する情報だ。

「孝明様、功さんたちから敵の名の報告が来ました！　これは……敵の一人は【黒眼】のオサリバンだそうです！」

「オサリバン？　あのオサリバンか！　能力者大戦時の⁉」

「はい、そう言ってきています！」

普段から冷静沈着な孝明から驚きの声が上がった。が、すぐに孝明は思案する。

（能力者大戦時のオサリバンだと？　いや、瑞穂様もあのロキアルムがミレマーに現れたと言っていた。であれば可能性はあるか。うん？　それよりも……ということは）

ここでハッとしたように孝明は顔を上げる。

「功には作戦通り足止めに終始するよう徹底させろ！　安易に仕掛けるなと風を送れ。救援に神前カンナのチーム向かわせる。それと他の襲撃者の情報をとるんだ。もし、あれがオサリバンなら他の奴らもS級の危険指定能力者の可能性がある。屋敷方面に向かわせた剣聖の仲間たちが心配だ。そちらには大峰透流のチームを向かわせろ。そちらでもまずは足止めと情報だ。安易に仕掛けるなよ」

「承知しました！」

指示を出しながら孝明は思考を巡らす。

（こいつらが大戦時の生き残りの連中だとしたらただの強敵ではない。ましてや機関がギルド時代から追っていた連中だとしたら最悪だ。名が分かればすぐに過去データからこいつらの能力をとらねば。備えている能力も以前のままとも限らんがないよりはましだ。こうなっては剣聖が来ていたというのは幸運であったとしか言いようがないな）

偶然であったろうとは思うが日紗枝が剣聖アルフレッド・アークライトをこの大祭に招いたことはどれだけ心強いかと考える。

すると孝明は深刻な表情で重鎮席を映し出している映像に視線を移す。

（場合によってはご出陣を願うことになるか。それは避けたかったが……うん？）

ここであることに気づき、孝明は目を見開いた。

まだ仮定ではあるが、この襲撃者たちの正体が孝明の想像する最悪の連中だとした場合、この連中の頭目と思われるジュリアンにいち早く仕掛け、そして撃退した人物がいる。

(堂杜祐人……いや、婿殿がこの相手を退けている！　しかも首謀者かもしれない者を⁉

あのジュリアンという襲撃者はこの中でも実力が劣っていたとでも？)

　ここで孝明はかぶりを振る。

それは考えられないと自分を強く諫める孝明。

何故なら自分は映像を通して見ていたではないか。

あのジュリアンの恐るべき実力を。

そしてそのジュリアンと真っ向から戦い、その胸元に回し蹴りを叩き込んだあの少年の雄姿を。

「おい、四天寺家の全員に伝えろ！」

「はっ！　何をでしょうか？」

「我ら四天寺の婿殿がこの敵の首謀者と思われる奴に強烈な回し蹴りを喰らわして撃退したとな！」

「は、はい！　分かりました！」

「これで士気の上がらない者はおらん」

その後、襲撃者たちの名のすべてが分かる。

【スルトの剣】の創始者にして元首領ジュリアン。
【黒眼】オサリバン
【地獄の息吹】ナファス
【鍛冶師】ドベルク
【万の契約者】マリノス
これらの名は神前孝明を驚愕させ、事態の深刻さを完全に理解した。

今、孝明の決断で四天寺家として重鎮たちを除いた総力戦に移行しようとする最中であった。それほど事態は深刻と捉えられ始めている。

ところが、この状況で指令室にいる全員を黙らせた者たちがいる。

原因はその者たちの想像を超えた実力。

そして、もう一つは絶望と真逆の感情で、だ。

この驚きと歓喜による沈黙を生んだのは二人の大祭参加者。

今回の大祭に参加してきたこの二人は恐るべき五人の襲撃者のうち首謀者ジュリアンを退け【地獄の息吹】ナファスを撃退し、さらにたった今、【黒眼】オサリバンと【鍛冶師】ドベルクの二人に軽くはない手傷を負わせた。

一人は朱音の連れてきた少年。

この少年、堂杜祐人は四天寺家に連なる者たちにその実力をもって二度目となる大きな驚きを与えた。

一人は奇怪なマスクを被る実力も行動も予測不能の参加者。

誰も気にもとめていなかった変人……いや、〝てんちゃん〟なる人物。

だが今はこれほどまでに存在感を放つという嬉しい誤算。

するとこの指令室で誰よりも早く冷静さを取り戻した孝明がすぐさま指示を出す。

「チャンスだ、各チームに連絡。婿殿の補佐に行かせろ。いいか、各チームによく言い聞かせておけ。お前たちの実力では婿殿の足手まといになる可能性がある。現場では婿殿の邪魔にならんよう明良に指示を仰げ、とな。あと、あのマスクの方は……あー、現場で判断」

「は、はい」

指令室に活気と共に孝明の指示に従った。

ちなみに、まさかこの二人が同じ家の者だとは誰も知る由もない。

観客席には逃げ遅れた大祭参加者及びその従者たちが多数いた。

それぞれがこの危険な戦場から我先にと逃げようとしていたのだが、四天寺に襲撃を仕掛けてきた恐るべき能力者たちのせいでその隙を失っていたのだ。

「お、おい、今のうちに逃げられるんじゃないか」

「ああ、なんか押し返してるな」

「しかし、あんな化け物たちだぞ。こんな大勢でちんたら逃げようと背を向けたら……」

この最大の逃げ出すチャンスを前にして気力を削がれている観客たちは判断に迷いが生じていた。それは外から見れば愚かであると思われるかもしれないが、彼らもそれほどの目にあっているのだ。

四天寺のチームが到着する前に観覧席にいた何人かがすでに被害にあっている。彼らも能力者の端くれであり、咄嗟に防御行動をとったが為す術もなく、いとも簡単に殺された。

その後、ナファスが大峰巴のチームを相手にしながらも彼らの逃げ道にも絶え間なく瘴気を放っていた。それに加え幾度となくオサリバンの神剣による刃風が彼らを襲っていたため、彼らはこれらに必死に障壁等で抗い、自分の身を守るのに精一杯であった。

これはジュリアンがこの襲撃を立案した際に「観客たちをすぐには逃すな」という指示が出されていたためで、その真意は「四天寺を潰したのちにそれを世間に広める広告塔が必要だ」ということだった。

この背景から戦いの狼煙を上げる時の配置を分散させたのは二重の意味を持っていた。

一つは四天寺を撹乱する意味、もう一つはあの四天寺が崩壊していく様を恐怖と共に見せるためであった。まさに四天寺との戦いを現場で観客になってもらう、ということだ。四天寺を相手に随分と舐めた作戦のように感じられるがこれを当たり前のように組み込んだのは襲撃を仕掛けてきた五人の実力に理由がある。

それぞれが凄まじい個の力によって成り立っている。だが互いが強すぎるために近くにいれば互いが邪魔になる。それ故にジュリアンは三人以上では組めなかった、とも言える。

彼らはすべて機関の定めるS級危険指定の能力者である。

信じがたいことに全員が百年前の能力者大戦で名を馳せ、二つ名を聞いただけで能力者たちを恐れさせた猛者たちだ。

もし機関が彼らの一人でも居場所が知れた場合、確実に討滅する作戦を立案したとすれば少なくともランクSの能力者を含めた十人以上のチームを編成しただろう。

そのような能力者が五人も同時に現れた。

尋常な状況ではない。

四天寺の知恵袋、神前孝明も彼らの名が報告される度に顔色を変えたほどである。

ところが、なのだ。

今、それがジュリアンたちにとって戦力分散という事態になりつつある。

本来はそのようになるはずはなかった。いや、あるはずがない。

これだけの陣容で誰がこれを戦力分散になると考えるだろうか。

これをもし戦力分散という状況に追い込むとするのならば、この者たちと同等かそれ以上の能力者がこの場に複数人いた、ということでしか考えられない。

「お、あれは祐人か。うーん？　何をしてるんじゃ？　あれは」

てんちゃんこと纏蔵はクレーターの反対側でバタバタと手を振っている孫を見つけると訝し気に首を傾げた。

「あ！　堂杜のお兄さんだよ、琴音ちゃん。あれ？　なんか手を振ってるね」

「堂杜さん、皆逃げようとしているのに、ここで襲撃者を迎え撃っていたんですね」

祐人は両手を大きく回すように動かしながら声を出さずに口を動かしている。

『爺ちゃん、何をやってんの!?　怪しがられるから早く帰ってよ！　爺ちゃんは覗き魔としての嫌疑をかけられているんだぞ。というより事実なんだから恥をかく前に帰って……うん？　うーん？』

必死に帰れと伝える祐人の目に纏蔵の後ろに付き添っているように見える二人の少女が見

えて極度に驚いてしまう。

(あれは秋華さんと琴音さん!? 何で? どうして一緒にいるの!? まさか覗き魔としてすでに連行されて……いや、それはあり得ないな。あのジジイが捕まるわけがない。ああ、もう! 何でいつもいつも爺ちゃんの周りには訳の分からないことが起きるんだよ!)

祐人は頭を抱えそうになるが、とにかく家に帰れと激しくゼスチャーを繰り返す。

「ほーほー、ふむふむ。なるほど!」

ピンときた! と纏蔵は頷く。

「何? 変態仮面、堂杜のお兄さんが何て言っているのか分かるの?」

纏蔵のリアクションを見て秋華が兄の黄英雄に肩を貸しつつ聞いてくる。

「当たり前じゃ、儂は読唇術も完璧じゃぞ。それよりもその変態仮面はもうやめてほしいのう」

「じゃあ、なんて言っているのよ。見ている限り早く消えろ、もしくは早く帰れ、に見えるけど」

「ほっほっほー、秋華ちゃんもまだまだじゃのう。若い、若い。何を伝えようとしているのか、あの体全体の動きを見るのが大事じゃ、ほれ」

「あんた、さっき読唇術って言ってなかった? それで何で体全体なのよ……はあ」

秋華は呆れつつも右手を翳し、クレーターの先にいる祐人の必死の形相を見つめる。

「どう見ても、早く消えろ！　にしかみえないけど……なんて言っているのよ」

「仕方ないのう。あれはな、『おかげで助かったよ！　流石は僕の敬愛する爺ちゃん！　わーい！』じゃ！　祐人も仕方のない奴じゃの」

ふふん、と鼻を鳴らす纏蔵だったが、この言葉に背後にいる二人の少女が固まる。

「は？　爺ちゃん？」

「祐人も仕方のない奴？」

「ハッ⁉　しまっ！　今のは間違いじゃ！　あれは秋華ちゃんの言う通り、ひろ……あの小僧が早く実家の道場に帰れって言っておるのじゃ」

全身から汗を噴き出し、あたふたする纏蔵。

しかし、時すでに遅し。

秋華の表情はすでに色々と考えを巡らせている表情だ。

祐人はこちらの意図通りに動かない纏蔵にイライラしている。

(何を話しているんだろう？　しかも意外と親し気？)

逆にその横では琴音があまりの事実に頭が追いつかないのか、時が止まったように硬直している。どうやら「覗き魔」と「好きな人」が親族だった、ということが脳内でうまく処理できなかったらしい。

「堂杜さん……私、嫁いだらいつも覗かれてしまう危険性が」

とブツブツ言っている琴音を秋華は半目で見つめるが、今はそれよりも大事なことがあると考える。秋華にしてみればこのような貴重な情報を使わない手はない。

琴音にはあとでしっかりフォローと説明をすればいい。

秋華は纏蔵に体を向けた。

「実家の道場ねえ。フンフン……」

「はう！」

口を両手で押さえる纏蔵に策士の顔をした秋華がニヤリと笑いながら近寄る。

三仙でもある纏蔵がオロオロし、近づいて来るこの少女に対して無意識に一歩引いた途端、秋華はニッコリと輝くような笑顔を見せた。

「変態仮……いえ、てんちゃん。これからはお爺様と呼んでもいいわよ」

「ほへ⁉　お爺様？　儂を？」

「ええ、事によっては、この二人の美少女がいつも呼んであげるわ。お・じ・い・さ・ま、って。しかも両耳から！」

「なな、なんと⁉　そんな桃源郷のようなことが」

「でもなぁ、私たち、てんちゃんの家とか連絡先とか知らないしなぁ。ついでに孫の祐人さんの家とかも知らないし、これは無理ね。残念だなぁ、あ、孫の祐人さんのはついでだけどぉ、家族ぐるみで付き合うのには必要よねぇ？」

「家族ぐるみ⁉　儂と⁉」

「そうよー、でも連絡先と住所が……」

「教えるぞい！　すぐにでも！」

「孫のも？」

「もちろんじゃ！」

「私の言うこと、何でも聞く？」

「もちろんじゃ！」

「じゃあ、早くここから私たちを安全なところに連れて行って住所と連絡先を教えてよね」

「おおおお！　分かったのじゃ！」

鼻息が荒くなり数百年ぶりに本気になった纏蔵が拳を天上に突き出す。

「わ。儂にもついに！　ぐふふ……ぐふふふふ、しかも二人も……」

仮面の上からも顔が緩み切ったことが分かる纏蔵の後ろで、秋華はお代官を接待する越後屋のような笑みを見せていたのだった。

（爺ちゃんたちは何を話してるんだ？）

祐人は顔を引き攣らせながら纏蔵たちを見つめるが、ここからでは当然、何のやりとりをしているのか分からない。

（どうして秋華さんと琴音さんが一緒に……あ、黄英雄もいるじゃないか！）

英雄は気を失っているようで秋華の肩にもたれかかっている。秋華は纏蔵に何かを言って英雄を纏蔵に預けると、祐人の方向に体を向けてこちらにウインクをしながら、投げキッスを送ってきた。

「は？」

秋華の行動が、どういうことなのかさっぱり分からない祐人は呆気にとられる。この非常事態に緊迫感の欠片もない一行を見つめていると明良から通信風が送られてきた。

〝祐人君！　仲間は回収した〟

明良はマリオンと共に重傷を負った神前功のチームをクレーターの端に運び、駆けつけてきた援護のチームに預けている。

（爺ちゃんたちは後回しだ。今は敵を一掃する！　悪いけどあいつらはまだ動けない）

祐人はそう決断し、クレーター中央で倒れているオサリバンとドベルクに仕掛けようと走り出す。

その時だった。

祐人の右後方から凄まじい霊力と妖気を発した何者かが猛然と襲い掛かってきた。

「待てよ、堂杜祐人！　まだ俺との決着がついてねーだろうが！」

「ム⁉　倚白！」

忽然と現れたジュリアンは低空に跳躍し、祐人の脳天にダンシングソードを振り下ろすと祐人は体をよじり右手首から出現した倚白で弾いた。

その際に生じた衝撃波が周囲にまき散らされて土ぼこりが激しく舞う。

「チッ、隙のねーやつだな。胸糞わりー！」

ジュリアンは着地し、祐人と対峙して唾を吐き捨てた。

「あんたこそ、しつこいね」

祐人はそう答えながら仙氣を練り直し、全身から充実した仙氣があふれ出す。

それを不愉快げにジュリアンは確認するとクレーター中央にいるオサリバンたちに視線を移した。

「おい、てめーら！　いつまで寝てんだ！　遊びは終わりだ。もう四天寺を潰すぞ！」

ジュリアンが大声を張り上げるとオサリバンとドベルクは頭を振りながら、なんとか立ち上がりジュリアンのいる方向に顔を向ける。

「……クッ」

「痛てて……ありゃ、あっち側のジュリアンじゃねーか。随分と荒れてやがるなぁ。はは

は、俺たちのこのざまを見れば、そりゃキレるか。それにしてもあのジジイめ」

そこに颯爽と四天寺の術者たちが多数現れた。それぞれ五人一組のチームで祐人と対峙

するジュリアン、オサリバンやドベルクたちを一糸乱れぬ動きで取り囲む。

「おいおい、これはピンチってか？」

ドベルクが自分たちを取り囲む精霊使いたちを見回して肩を竦めた。

オサリバンはハルパーを肩に担ぐと黒く染まった目でドベルクを見る。

「ドベルク、マリノスはどうした？」

「ああ？　そういえばはぐれちまったな。多分、向こうで俺たちを襲ってきた小僧二人と

遊んでんじゃねーか？」

「何がはぐれただ。どうせ美味しそうな獲物を見つけて一人で突っ込んだんだろ」

「ははは、まあ否定はしないがそれをお前さんには言われたかないな」

取り囲む四天寺の精霊使いたちの中から明良が一歩前に出る。

「四天寺に仇なす身の程知らずども！　もう諦めろ！　お前らに勝ち目も逃げ場もない。

ここで大人しく投降するか、それとも死か、今すぐ選べ！」

周囲に響くような大声で明良は警告する。

明良たちの背後にいる秋華と琴音はこの様子を見て緊張をした。

纏蔵に守られていたせいもあって感じ取れていなかったが、今になってここが戦場であることを理解し、生死を懸けた戦いの空気を見て取ったのだ。

それだからこそ四天寺の持つ底知れない実力と組織力、そして四天寺に所属する人間たちの覚悟を目の当たりにして息を飲んだ。

「おーおー、それじゃ、ここはこの者たちに任せて儂らは退散するとしよう」

飄々として何も変わるところのない纏蔵がそう言うと秋華は我に返る。

「あ、ちょっと待ちなさいよ、変態仮面。琴音ちゃん、行くよ」

「あ、はい」

琴音もハッとして纏蔵たちのあとについて行くが、ふとその目を四天寺家の広大な敷地の方向に向ける。

（お兄様は今、何をしているのかしら。お兄様がこの状況を把握していないわけはないのに。お兄様がいれば、こんな連中）

琴音は兄である水重のことが急に気になりだす。兄がこの状況でどう動くか、ということは想像できない。普通に考えれば大祭も中止になり水重がここに残る理由はない。

ただ琴音には兄がこの現状を知っていて帰ってしまうことも想像できないのだ。

（お兄様はここに来るわ、きっと）

そう思うと琴音は歩みを止める。

「秋華さん、すみません！　私、ここに残ります！」

「え!?　琴音ちゃん、ちょっと、どこに行くの!?　まだ、危ないよ！」

突然、琴音が水重のいるはずの第１試合会場方向に走り出したのを見て秋華は驚く。

「私、お兄様を探してきます！　お兄様に合流できれば大丈夫ですから！」

琴音は振り返りながらそう言い、秋華は一瞬、どうするべきか判断がつかずに琴音を見送ってしまう。するとすぐに秋華は纏蔵に顔を向けた。

「変態仮面、お兄ちゃんをお願い！　ここまでありがとう！」

「ほへ？」

「何となくだけど琴音ちゃんを放っておけない気がするの！　私たちはもう大丈夫だから、変態仮面は先にお兄ちゃんを外に連れて行っていいよ！」

秋華は纏蔵に気を失っている英雄を無理やり預け、琴音のあとを追う。

その場に残された纏蔵は二人の少女の後ろ姿を見つめると英雄を片手で持ち上げてクル

クルと頭の上で回す。

「はて……困ったのう」

◆

ドベルクとオサリバンは互いに背を向けて、自分たちを包囲する大勢の精霊使いたちを見渡した。

「んで、ナファスは？　オサリバン」

「殺られた。あそこにいるジュリアンといる小僧にな」

「マジか！　スゲー奴がいるな！　それでジュリアンもあのご機嫌の悪さか。正直、四天寺以外には期待していなかったんだが……さっきのジジイといい、大祭の参加者たちにとんでもねー強者どもが参加しているな。これは楽しくなってきた！」

「ふん、ウザいだけだろうが、この戦闘狂が」

そこに明良が再び声を上げる。

「返答はなしか！　では、狩らせてもらう！」

途端に取り囲む四天寺の精霊使いたちに霊力が集まり、まさに臨戦態勢が整う。

もはや襲撃者に対し捕まえるつもりも逃がすつもりもないことが伝わってくる。

するとや今始まらんとする戦闘空間をあざ笑うかのようなジュリアンの怒声が響き渡った。

「狩るだぁ⁉　笑わせてくれんなよ、雑魚どもが！　てめえらに本当の狩りってもんを教えてやろうじゃねーか！」

高笑いを始めるジュリアンを見てオサリバンとドベルクも肩で笑い出す。

「ドベルク、やるぞ」

「しょうがねえな、やんのか、アレを。アレになると抑えが効かねーんだよなぁ。まあ、いいか、どちらにしろ四天寺の皆殺しは決まってからな！」

この時、ジュリアンと対峙する祐人に悪寒が走る。

（なんだ⁉　これはロキアルムやカリオストロたちと似た……まずい！）

祐人は顔色を変えて、明良に向かって叫ぶ。

「明良さん、全員を一旦、引かせてください！　すべての力を防御に集中するんです！　こいつらはもう人間じゃない！！」

祐人の響き渡る怒声と同時に襲撃者たちから大地を震わす妖気と霊力が弾けた。

「これは……⁉」

オサリバンとドベルクを中心に周囲の視界を奪わんばかりの霊力と妖力の爆風が吹き荒

れる。

明良だけではなく圧倒的優位に襲撃者たちを包囲していた四天寺の精霊使いたちも驚愕した。起きている事態がどういうことなのか理解が追いつかない。

しかし明良にはしっかりと祐人の声が届いていた。その声が明良に冷静さを取り戻させる。この少年と行動を共にしたときに何度も経験した不測の事態。

そして、何度も切り抜けてきた経験が明良の次の行動を素早く促す。

「全員、後退！　包囲を解け！　神前ルナ、大峰主水のチームを中心に集まって全力防御ぉぉ！」

日頃の厳しい訓練をこなす四天寺の優秀な精霊使いたちは混乱の中でも明良の指示に瞬時に、そして忠実に反応する。包囲を解き、二方面に離脱しながら風精霊術、土精霊術の防御術を幾重にも張り巡らした。

半瞬後、この明良の判断が自分たちを救うことになったと全員が知る。

ついさっきまで自分たちがいた場所に高密度の霊力と妖力に乗った二つの攻撃が着弾したのだ。視界をふさぐ強大な霊力と妖力が弾けた中での超攻撃。

もし明良の指示通りに行動しなければ半分以上の戦力がもっていかれたかもしれない。

後方に引きながら十数人で展開した防御術をすさまじい衝撃波が襲い、あっという間に防御術が相殺され、何人もの精霊使いが吹き飛ぶがなんとか致命傷だけは避けた。

「ハッハッハ！　この初撃を躱すとはさすがは四天寺だ！　雑兵のレベルもたけーな！」

二つの衝撃波の中心から聞こえてくるその声は想像以上に恐怖心を掻き立てる。

やがて霊力と妖力の嵐、破壊エネルギーが落ち着くと視界が明らかになっていく。

するとそこにはオサリバンが作り出したクレーターを挟むように二つの同規模のクレーターが形成されている。

その中心にオサリバンとドベルクが立っていた。

だがこの凄まじい攻撃を放った二人の姿は今までのものと違っていた。

容貌はほぼ変わりはない。しかしその肌はやや青白く変色し、オサリバン、ドベルクそれぞれに額から天を突くような角が生えている。また衣服の内側から見える部分に幾何学模様の断片のようなラインが見えた。

明良たちは目の前の襲撃者たちから来る身の毛のよだつようなプレッシャーに唸る。

「な、なんだアレは」

妖気を内包し、その姿を変貌させた能力者。

これではまるでカリオストロ伯爵に洗脳され、化け物のように変り果てた暗夜之豹の能力者たちのようだ。

しかし、あの時の暗夜之豹たちは本来の意識も判断能力も完全に消え失せていたが、この襲撃者たちは明らかに違う。見ている限り、この襲撃者たちは意識を保ち霊力も妖力も集約させて安定している。

そして、この者たちの妖力は闇夜之豹たちとは比較にならない量と密度を内包しているのがヒリヒリと肌に伝わってくる。

明良は思わず歯を食いしばり、額からは汗が流れた。

明良には分かる。この敵が身を置いている力の次元が。

以前は四天寺毅成に付き従い、今は瑞穂に付き従っていることで得た経験がそれを明良に伝えてくるのだ。

(こ、こいつらの強さの土俵は我々と違いすぎる。まるでランクSSクラスの能力者が二人も現れたかのようなプレッシャーだ)

そこにジュリアンの切り裂くような怒号があがる。

「てめーら、なに手を抜いてんだ！　一人も倒せてねーぞ！　大穴を作るだけならクズでもできる。さっさと雑魚どもを片付けろ！」

ドベルクは肩を竦め、大剣ダーインスレイブで地面を掃くように軽々と振る。すると地面が剣先をなぞるように十数メートルにわたって切り裂かれ大地が割れた。

「あーあ、あっちのジュリアンはうるせーんだよ」

オサリバンはハルパーを肩に担ぐと、その上方に凄まじい大気のうねりが巻き上がる。

「さて、やるか……皆殺しだ」

通常の動きだけで底知れぬ力の片鱗を見せた二人がゆっくりと歩き出すと明良は顔を歪めた。現場の指揮を任されている明良は一瞬、判断に迷う。

いや、判断に迷ったのはどうすれば良いかではない。やること、なさねばならぬことは四天寺の従者として決まっている。

今、迷ったのはその最優先事項のために出さなくてはならない命令のことだ。

四天寺に名を連ねる者とはいえ、この敵を前にすれば自分たちはちっぽけな存在。もはや連携を活かしたチーム力もどこまで役に立つのか。対抗しうるのは当主の毅成だろう。だが毅成の出陣を望むのは四天寺家の従者としてあり得ない。その判断が預けられているのは唯一、孝明だけだ。

しかもこれだけの実力を持った敵が複数いるのだ。それで孝明がなんの策もないままに四天寺の象徴であり旗頭の毅成を出陣させはしないだろう。

もし毅成が出陣するのであればそれは最終段階であろう、と明良は当然のように考える。今も孝明が策を練っているはずだ。

(であれば、我々のすることは！)

明良の目に力が宿る。死をも厭わぬ悲壮の覚悟を決め、明良は四天寺の従者たちにも非情な命令を出すことを決意した。

(孝明さんの策が成るまで何としても時間を稼ぐ。我々は四天寺の盾になるという仕事がある。どのような犠牲を払おうとも！)

明良の思考や心に一切の余裕がなくなり己たちを駒としてどのように動かすかだけに集中する。

そして今まさに命を命とも思わぬ指示を出そうとしたその時、大きな声が響き渡った。

「明良さん！　そのまま一旦、引いてください！　ここは僕に任せるんです！」

「!?」

明良がハッと目を見開く。

この声を聞くと急激に心が冷静になり視界がクリアになった。

この声の主は数々の死線を潜り抜け、どのような死闘の中でも自分を見失わずに生還してきた少年。明良の中に四天寺以外で最も信頼と信用を植え付けた驚異の実力と判断力、そして底知れぬ戦闘力を有した優しい少年だ。

「祐人君！」

明良は美しい装飾を施された白金の鍔刀を持つ祐人と目が合う。途端に明良はさっきとは打って変わり、この戦いにおいて数々の可能性を見出す。見出せるようになる。

まるで祐人の視線から勇気と希望、生を諦めてはならないという意思を受けとったかのような表情だ。

「全員、引くぞ！　こっちだ、私についてこい、急げ！　大丈夫だ、こんなもので四天寺は落ちない！」

明良は二つに分かれていた四天寺のチームすべてに集まるよう命令を下すと四天寺の従者たちは即座に明良の指示に従い、引きながら集合する。

「マリオンさん！」

負傷者を預けた後、明良の後方に位置取りしていたマリオンに祐人は声をかけるとマリオンは返事をする。

「は、はい！」

「マリオンさんは距離をとりながら僕の援護をお願い！　大丈夫、絶対にマリオンさんの方には行かせない！」

マリオンは祐人の指示を聞くと満面の輝くような笑みをこぼし、張りのある声を祐人に返した。

「私を気にしないで祐人さんは祐人さんの思うやり方でやってください！　私は祐人さんに合わせます！」

そう言いながらマリオンは祐人の後方に十数メートルに移動するとマリオンの周囲に清らかな、だが強い霊力が集まりだす。

「おいおい！　四天寺の従者たちが主人たちを捨てて撤退か？　って、どうやら、でかい口を叩くあの野郎を信用したのか……ったく笑えねーな。俺はあのジジイと再戦したかったんだけどな」

そう言うドベルクから強烈な怒りの感情が露わになる。

「いいだろう。見せてもらおうじゃねーか！　この生意気な小僧が！　オサリバン！」

「はん！　そいつはおれの獲物だ！　さっきのお礼を十倍にして返すぞ！　ドベルク、てめえは四天寺の雑魚を追え！」

この様子を見ていたジュリアンが憎々し気に声を張り上げる

「こぉの、クソ小僧がぁ！　俺を前にしてあいつらも挑発して誘いやがった！　てめえがそこそこやるのは認めてやるが俺たちに火をつけたことを後悔させてやる！」

その声を皮切りにドベルク、オサリバンも第一の標的を祐人に決め、獣のように跳躍して三方向から襲いかかった。

エピローグ　四天寺総力戦

重鎮席の前面に広がる敷地でまたしても強大な力が弾けた時、左馬之助と早雲の防御結界に守られる瑞穂はさすがに黙っていられずに立ち上がった。

「明良！」

視界が明らかになると、なんとか致命傷を防いだ四天寺の従者たちを見て安堵する。

「まったく、あなたはおとなしく座っていなさいと言ってるのに」

朱音は嘆息しながら瑞穂をたしなめる。

「でも、お母さん！　このままじゃ明良たちが！」

今までも瑞穂は自分の中に生じる衝動と戦いながら事態の推移を見守ってきたが、この時はもう我慢できなかった。

たしかに朱音の言う四天寺のあり方を諭され理解もした。

しかし瑞穂にとっては明良たちをただの四天寺の駒だとは思っていない。幼少のころから生活を共にし、補佐されて、皆に自分が大事にされていたことを知っている。

それは自分が四天寺の主筋であり精霊使いとしての才能がそうさせていたのかもしれない。だがそれでも瑞穂は成長するにつれ、彼らに対し感謝の気持ちを募らせていたのだ。

「私たちが出るのは孝明の要請が来てからよ。それまでは決して動いてはいけません。今、孝明が敵を分析しているはずよ、それは明良も分かっているのです」

「でもあいつらは普通じゃない。とてもじゃないけど明良たちだけで何とかできるレベルの相手じゃないわ。明良だってそれを知っているはずよ」

朱音が瑞穂の剣幕に目を細める。

「あなた、あれを見たことがあるのかしら？」

「あるわ。あれとはだいぶ違うけど妖気を内包した能力者と戦ったことがある」

「なんと！　お嬢、それは……くわしく話してください」

左馬之助が驚き、朱音と瑞穂の会話に割って入った。

「以前に戦って捕らえた暗夜之豹たちが突然、妖気を放ちながら化け物になったことがあったの。ただあの時は力は増したけど自我を失ってなりふり構わずに襲ってきた獣のようだった。でもこいつらは何かが違う。まず自我を失っていない。闇夜之豹たちは完全に妖気に飲み込まれて霊力や魔力が消えてしまっていたのにこいつらは妖気と霊力が融合している。あの時のものとは似て非なるものだわ」

「たしかに、この肌を襲う寒気は妖気ですね。あの者たちは人外から妖気を取り込む新術を編み出したのかもしれません。外法とはいえ、あれほどの能力者たちが実力を底上げしたとなると」

瑞穂の話を聞き早雲が深刻そうに呟くと朱音は涼し気な顔で応じた。

「あらあら、四天寺家、存亡の危機かしらね」

「存亡は言いすぎです、朱音様。ただ四天寺家の歴史の中で最も厄介な敵が来たというのは事実かもしれません」

この場の落ち着いた空気に焦れたように瑞穂は拳を握った。

瑞穂には分かるのだ。

こういう事態になったときに必ず困難の真正面に立つ人物があの場にいることを。

その少年はきっと生真面目に朱音の依頼を遂行しようと動く。

それにはひょっとすると自分のために、という理由が含まれている。

瑞穂は四天寺家の従者たちが録音してきた祐人の言葉が思い出され身体が熱くなる。

祐人が自分のことを恋愛対象として言ったものだとは思っていない。

それでも……祐人が自分のことを大事にしていることぐらいは瑞穂にだって分かる。

そもそも今回の祐人の行動は自分の自由恋愛を勝ち取ろうという小さな話が発端だった。

（そう、それは小さな話。とても小さな話なのよ。それなのに祐人はあんなに考えを巡らせてくれて……しかもこんな危険なことに巻き込まれているのに逃げ出さないであそこにいてくれている）

瑞穂は視界の中に祐人を入れる。

（祐人、重鎮席の前に駆けつけてきて、そこで踏ん張っているのは私の……ううん、私たちのことを心配してなんでしょう？）

名門四天寺家に生まれ、生涯の伴侶は自分では決められないことぐらい理解していた。

そして、それが当然であることも瑞穂には分かっていたのだ。

だから家が用意した数々のお見合いも小さい時から受けてきた。

しかし今までのお見合いで自分と向き合った男性は誰もいなかった。

初めてのお見合い相手は三千院水重だった。

当時、まだ十二歳だった瑞穂は十七歳だった水重と会ったとき、その女性と見紛う中性的な美しい容姿に目を奪われた。どのような人物かは分からなかったが瑞穂は水重に興味を持った。

この時の瑞穂はすでに精霊使いとして天才の片鱗をみせており、四天寺家の直系であることも含め、特別な存在として同世代の大峰、神前の家の者からは距離を置かれていた。

実はこの周囲の特別扱いは瑞穂に孤独を感じさせていた。

だが優秀な瑞穂はこれは自分を優秀な精霊使いに育てようとする心遣いだと、子供ながらに空気を読み、受け入れて自ら対等に他者と交わることを控えた。

これは周囲の期待に応えようとする行動だった。だがさほど近しくない者たちは、これを凡人には理解しえぬ天才ゆえのもの、と思い込み、より距離を置いた。

瑞穂は事前に水重も三千院家において天才と謳われ将来を嘱望されていること聞き、自分と重ね合わせた。

まだ幼さの残る瑞穂は考えた。

きっと水重も孤独かもしれないと。

瑞穂という少女は天才でありながら、その内面は凡庸で心根の優しい少女だった。

瑞穂は水重と数度、両家に席を用意され、その度に二人きりの時間を過ごした。その度に瑞穂は水重を気遣いながら互いの共通点を探そうとした。

だが――――それらすべてが水重に響かなかった。

まさに水重こそが皆が思う天才が故の孤高さを持つ少年だったのだ。

水重はまるで風景の一部かのように瑞穂を眺め、瑞穂の問いかけや話題にも風の音を聞くがごとく応対する。

水重は心というものをまったく見せない。

瑞穂が探せども、探せども水重の心は見当たらない。

そして瑞穂はついに理解した。

水重の目には誰も映っていないこと。

水重にとって自分も含めたすべての人が見るに値しないものなのだと。

これに気づいた時、瑞穂は少なからず絶望した。

このような人と自分は生涯の契りを結ぶのかと思った。

四天寺に生まれたからには恋愛への夢は持たないようにしていた。だが、それでもどこか、たとえ結婚後であろうとも互いに愛情を持つことに希望を捨てていなかった。

歳相応の少女らしい内面を持ち、父、毅成が明らかに母、朱音を愛しているのを知っている瑞穂にしてみればそれは当然だったともいえる。

しかし瑞穂は水重とは決して通じ合えないということを知ったのだ。

遅ればせながらとはいえ、これに左馬之助が気づかなければ、この縁談は成立していたであろう。

破談は名家である両家にとってあまり良い風聞にはならない。それでも左馬之助は瑞穂を想い、必死に三千院家に何度も赴き、穏便に話をつけてきた。

この出来事は瑞穂という少女の内面に想像以上の影響を与えた。

とはいえ縁談というものは瑞穂にいくつも舞い込んできた。四天寺である以上、それは避けようがなかった。その度に周囲に言われるままに大人しく瑞穂は応じてきた。

だが異性に対し感受性が高まってしまった瑞穂には分かってしまう。

皆、目を向けていたのは四天寺の名。

必要以上に容姿や実力を褒め称え、美辞麗句を並べていながら裏では自分の性格や才能のことを迷惑そうにしている。

この辺りからだった。瑞穂は極度に男嫌いになり周囲を憚らず、自ら縁談を断るようになった。時には縁談相手に自分に相応しいかどうか能力を見せろと言いだした。

それが噂として広がり、いつしか「四天寺瑞穂は自分より強い男性としか付き合わない」「四天寺瑞穂に勝てば結婚できる」というものになっていった。

これには瑞穂も驚いたが放っておいた。

好きに言えばいい、と。

でも瑞穂は分かってはいた。

それでもいつかは自分は縁談を受け入れなければならない、と。

ところが……そんな瑞穂にとんでもないことが起きた。

瑞穂は出会ってしまったのだ。

これらの瑞穂の経験、心の壁、異性に対する不信感、そして自分自身を見てくれるはずもないという絶望を打ち破る少年に。

そして今、その少年はこんな恋愛観しかない自分のために、自分の将来の伴侶を自由に決められるというちっぽけなことを守るためだけに、体を張って、ここにきているではないか。

瑞穂は熱い視線で三人の敵を自分に誘う祐人を見つめる。

彼の前なら自分は自分を表現できる。

(私は祐人が……ううん、これで祐人を好きにならなかったら誰を好きになるっていうのよ！　あなたが私の自由恋愛を勝ち取ってくれるというのなら私は思い切りそれを行使させてもらうわ。待ってなさい、祐人。私は自分の好きな人に守られているだけの、待っているだけの女じゃないの。あなたが戦うのなら私も戦う。一人で戦わせなんかしないから！)

瑞穂は決意し、それでいて晴々とした表情を見せて顔を朱音に向けた。

「お母さん、私は行くわ！　止めても無駄……」

「あ、瑞穂、そういえば孝明から連絡があったのを忘れていたわ」

「……え？」

　朱音が突然思い出した、というように和服の裾から小さな紙を取り出して広げる。

「ああ、私としたことがごめんなさい、こんな緊迫した状況になるとは思わなくて、お母さんついつい忘れていたわ……えーと、瑞穂様を婿殿の援護に出されるのはいかがでしょうか、ですって。どうする？　瑞穂」

「ちょっと！　なによそれ！　いつ受け取ったのよ！」

「えーと、祐人さんが広場に来たあたりかしら」

　瑞穂はこの上なく引き攣った顔で朱音の持つ紙を乱暴にひったくり、紙に書かれている内容を読む。

　瑞穂は「あらあら」と小首を傾げてる母親に怒り浸透の表情をむけるが、この時、祐人に襲撃者が一斉に仕掛けたのが視界に入る。

「祐人！」

　そう言うと瑞穂は紙を放り投げて重鎮席のあるバルコニーから跳躍し外へ颯爽と飛び出して行った。

瑞穂がいなくなった重鎮席は一瞬、静寂に包まれる。

「朱音様、よろしかったので？」

早雲が苦笑いを浮かべながら朱音に言うと朱音はニッコリ笑う。

「いいのです。最後の最後まで煮え切らなかったあの子がようやくあんな表情を見せたのです。ここで行かせなければ女がすたるというものです」

「お嬢……幸せになってくだされ」

横で感極まった左馬之助が涙を流すと朱音は呆れたような顔をした。

「まだ、早いわよ、左馬之助。でもあとは祐人さんを頷かせるだけよ。ライバルは多いんですから」

「ははは！　それでは何も始まっていないではないですか、朱音様」

早雲が思わず噴き出して笑う。

「何を言っているの？　四天寺の総力を挙げてうちの婿に迎えるのよ。決して逃しません。これは四天寺家の決定事項です。分かっているわね、二人とも」

「もちろんです」

「もちろんですぞ。我らが一族も数度、救われています。婿殿は爺も決して逃しませんぞ！」

「さてさて、状況を見て私たちも出ますよ。二人の門出を邪魔する不逞の輩はここで叩き

のめします。私も久しぶりに舞います。準備を」

朱音がそう言い立ち上がると左馬之助、早雲は目を大きく見開き深々と頭を下げた。

「承知いたしました！」

あとがき

たすろうです。

魔界帰りの劣等能力者9巻をお手に取って頂き、誠にありがとうございます。

第4章の中巻となりました。

楽しんで頂けましたでしょうか。

9巻は戦いの連続でした。

祐人にとって今までと同様、緊張感漂う強敵たちだったと思います。

一歩間違えば再起不能の場面を祐人はすべてやり過ごしています。この辺りのギリギリの見切りは祐人の過去の戦闘経験がにじみ出ていましたね。

過酷な戦場でも生き残る冷静さや判断力はすべて魔界で手に入れたものです。

さて、このような中で自分の立場からそれぞれに動くキャラたちは面白いと思います。

瑞穂やマリオンのみならず一悟や茉莉たちもそうですし、今章から登場した新しいキャラたちもそうです。

また、ダグラス・ガンズやヴィクトル・バクラチオンの背景にはまだまだ色々とありそうですよね。

彼らには今回だけのキャラでは終わらずにそのうち登場してくるのではないかと期待しましょう。

そういえばよく読者様からの質問や要望で祐人の魔界での経験をもっと教えてほしいというのがとても多いです。

シリーズが続くにつれて気になる読者様が増えてきたように感じます。

この辺はいずれ少しずつ語られていくと思います。

特に「魔界帰り」の物語の終盤には色々と明らかになっていくと思うのでお待ちくださいね。

そういえば登場人物の中で意外にも好感度の高いキャラが祐人の親友、袴田一悟です。

魔界帰りが始まった時には想像できませんでした。というのも最初の方は結構、賛否が分かれる感じでした。

それが最近では〝良いキャラ〟として定着してきた感があります。

作者としてはこのように成長してくれるキャラがいるのはありがたい限りです。彼は祐人を日常と繋げる重要な友人です。彼がいるおかげで祐人が一般の高校生としての顔を持ち続けることができているところがありますよね。

その意味では水戸静香なんかも同様です。彼女は祐人だけでなく茉莉にとっても日常を守ってくれる貴重なキャラです。

よく考えると彼らにしてみれば、いつの間にか能力者やら人外やらに囲まれて一番苦労しているのではないでしょうか。

完全な一般人なのに非日常世界に巻き込まれたり付き合わされたりと大変だと思います。それにもかかわらずキャラクター性を失わないどころか存在感を放つ一悟と静香には頭が下がりますね。

この二人のおかげで「魔界帰り」は現代が舞台のファンタジーだったと再確認している読者様もいるのではないでしょうか。

あ、ニイナも一般人枠なんですよね。ちょっと抱えている背景が一般人とは言い難いですが、祐人や瑞穂たちに比べると一般人です。

そう考えると一悟、静香、ニイナは同じ苦労を抱えている者同士で繋がりがありそうですね。学校内外でも一緒にいる時間とかを持っていそうです。

皆さまから見てこの三人はどのように映っておりますでしょうか。

最後に改めまして魔界帰りの劣等能力者9巻をお手に取ってくださり感謝申し上げます。

次巻は四章の完結巻でありますし、魔界帰りの劣等能力者シリーズの10巻目という大きな節目を迎える巻です。

読者様がたには今後とも応援していただけると作者は泣いて喜びます。

皆様の応援はとても力になっております。感想等でお声を上げてくださいね。すべて私どもに届いています。

今後とも引き続きよろしくお願い申し上げます。

また、HJ文庫の編集の皆さま、営業の方、担当のSさん、そして今回も超絶素敵イラストを描いていただいたかるさんに感謝を申し上げます。

誠にありがとうございました。

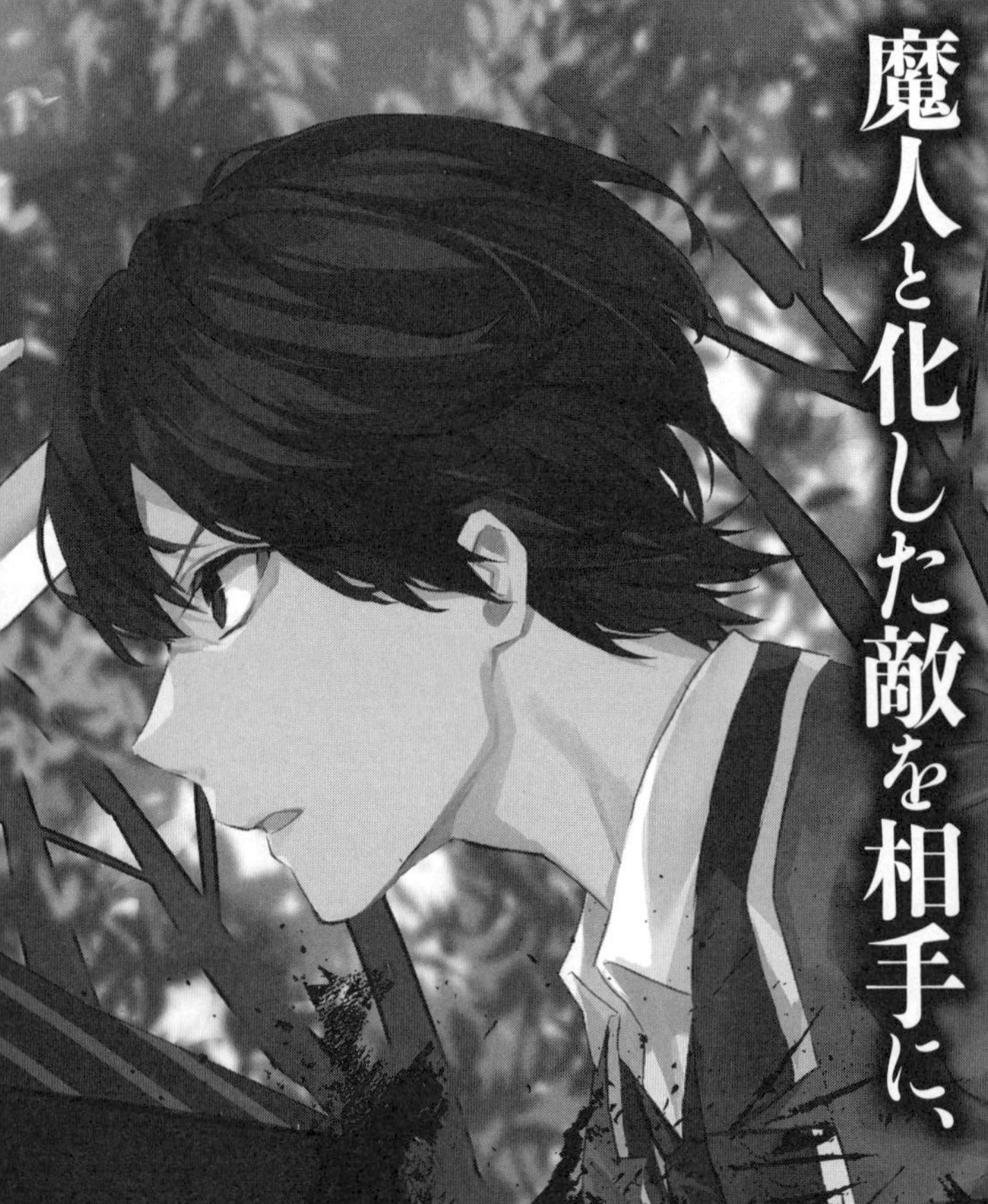

祐人の参戦をきっかけに、妖力を解き放ったオサリバンたちとの壮絶な乱戦は始まった。圧倒的強者が集う一方で、四天寺の術者たちと【万の契約者】マリノス一人による物量戦も幕を開けていた!!

「……嬌子さん、来てくれる?」

そして、祐人は最強の切り札を切る——

ついに神獣たちが
降臨する!!
魔界帰りの劣等能力者
{魔人と神獣と劣等能力者}
The inferior in ability who returned from the demon world
10
2022年冬、発売予定!!

HJ文庫 https://firecross.jp/
1015

魔界帰りの劣等能力者

9.神剣の騎士

2022年7月1日　初版発行

著者——たすろう

発行者—松下大介
発行所—株式会社ホビージャパン

〒151-0053
東京都渋谷区代々木2-15-8
電話　03(5304)7604（編集）
　　　03(5304)9112（営業）

印刷所——大日本印刷株式会社

装丁——小沼早苗（Gibbon）／株式会社エストール

Printed in Japan

ISBN978-4-7986-2868-4　C0193

ファンレター、作品のご感想
お待ちしております

〒151−0053　東京都渋谷区代々木2−15−8
(株)ホビージャパン HJ文庫編集部 気付
たすろう 先生／かる 先生

中卒探索者の成り上がり英雄譚 1
～2つの最強スキルでダンジョン最速突破を目指す～

著者／シクラメン
イラスト／てつぶた

ド底辺の貧困探索者から成り上がる、
最速最強のダンジョン冒険譚！

ダンジョンが発生した現代日本で、最底辺人生を送る16歳中卒の天原ハヤト。だが謎の美女ヘキサから【スキルインストール】と【武器創造】というチートスキルを貰い人生が大逆転！　トップ探索者に成り上がり、最速ダンジョン踏破を目指す彼の周りに、個性的な美少女たちも集まってきて……？